JN195512

水郷に生きて

東 洵

目次

東アジア

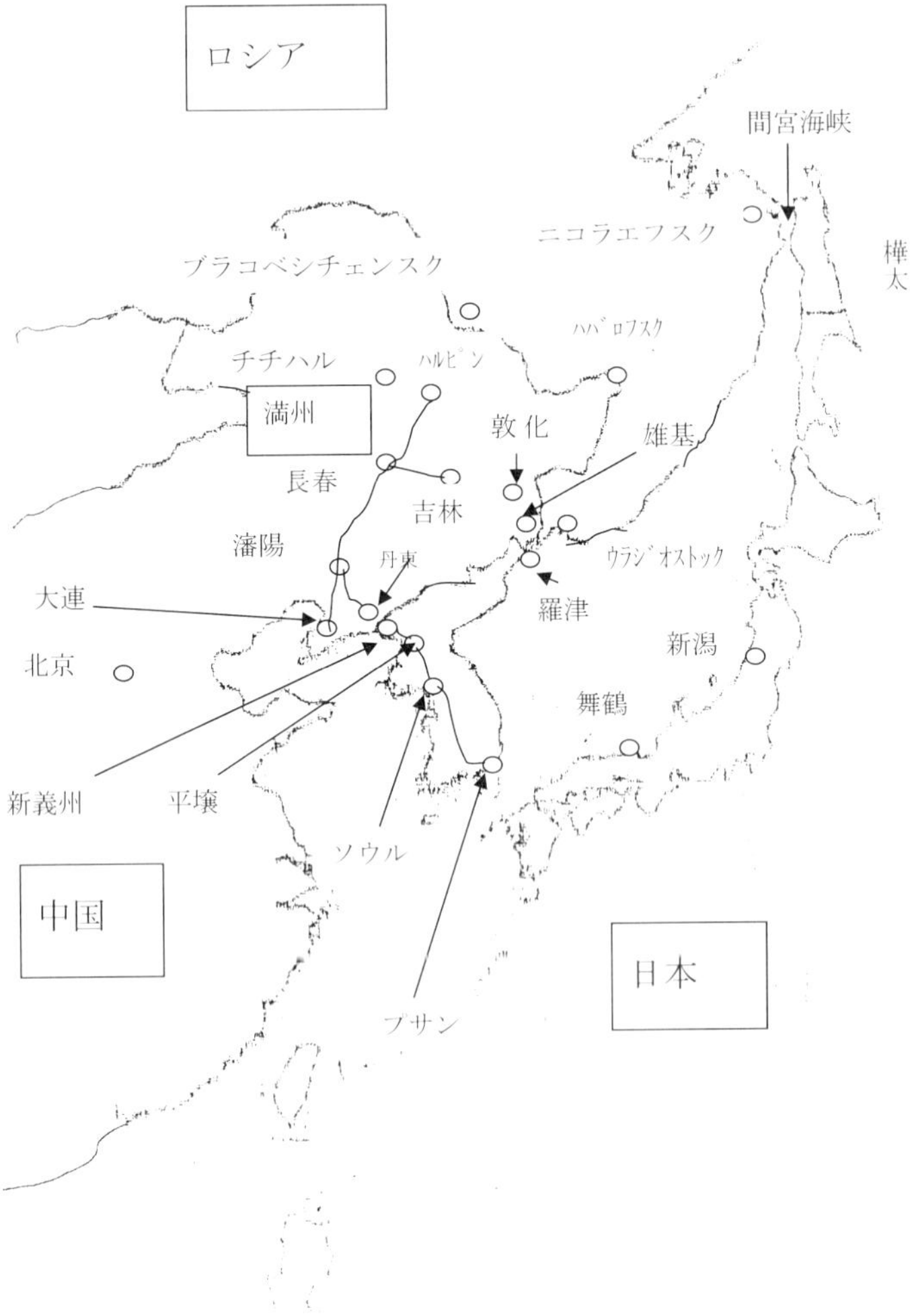

ロシア
間宮海峡
ニコラエフスク
樺太
ブラコベシチェンスク
ハバロフスク
チチハル
ハルピン
満州
敦化
雄基
長春
吉林
瀋陽
丹東
ウラジオストック
大連
羅津
新潟
北京
舞鶴
新義州
平壌
ソウル
中国
日本
プサン

一　駐《ちゅう》兵《へい》権《けん》

船は京都の舞鶴《まいづる》港を午後2時に出た。
大正十年（1921年）4月10日のことである。
今からほぼ百年前の話になる。
乗っているのは帝国陸軍篠山《ささやま》第七十連隊の第二中隊の兵一六七名である。
小火器と弾薬は携行しているものの、戦争に行くのではない。
中国にある日本の鉄道の、権益を守るために行くのである。
これには少し説明が必要である。

明治三十七年に、朝鮮半島の支配と満州の利権を巡《めぐ》って始まった日露戦争《にちろせんそう》は一年七カ月に亘る激戦の末、辛うじて日本の勝利となった。
もっともロシア側は、負けたと認識しておらず、国内では戦争を継続すべしという主戦論も根強かった。

しかし日本は多額の戦費の調達が限界に達していたし、ロシアの二倍近い戦死者を出して兵力も消耗しつくしていた。

敗走するロシア軍を追撃する弾薬も無かったのである。

他方のロシアも、国内で高まる革命の動きを放置しておくわけにも行かず、戦争の継続は避けたかった。

双方ともに問題を抱えており、和平の機会を模索していた。

アメリカの仲介で始まった和平交渉は難航した。

日本としては、弱みを見せればロシアの主戦派を勢いづかせるし、と言って戦争を続ければ、体力のなさが早晩露呈する。

外交の駆け引きが続いた。

このときはアメリカが応援してくれたし、イギリスとも日英同盟を結んでおり強力な味方であった。

ロシアとしても、はるか極東の、しかも自国の領土でもないところで戦争を続けて、いたずらに国力を消耗させたくなくなってきた。

日本海側に不凍港《ふとうこう》を獲得し、出口を作っておきたかったのは山々ではあったが、国内の安定を優先させたかった。

数次の交渉の末、ようやくまとまった講和条約（ポーツマス条約）の骨子は次のとおりである。


一。樺太《カラフト》の南半分を日本に譲渡する。

二。沿海州《えんかいしゅう》の漁業権を日本に与える。

三。ロシアが持っていた関東州《かんとうしゅう》（中国遼東半島《りょうとうはんとう》の南部）の中国からの租借《そしゃく》権《けん》を日本に譲渡する。

四。ロシアが中国満州に保有する東清鉄道《とうしんてつどう》（後の南満州鉄道《みなみまんしゅうてつどう》、通称満鉄《まんてつ》）のうち長春《ちょうしゅん》から大連《たいれん》の区間及びそれに付属する炭鉱の租借権を日本に譲渡する。

五。日本はロシアに対する賠償金の請求を放棄する。

等であった。

このうち、五項の賠償金については、ロシアの皇帝ニコライ2世が「日本へは1銭も出すな」と厳命していたため、ロシア側は頑として譲らなかった。やむを得ず、日本側は請求をあきらめて放棄した。

この賠償金の放棄に関しては対外的に「金のために戦争をしたのではない」という日本の説明に対し海外、特に欧米からは好意的に受け止められた。しかし、日本国内では事情を知らされていない国民の間に不満が高まり、暴動事件が起きるまでになった。

これほどまでに多くの戦死者を出したのに、なぜ賠償金をとれないのかということについての不満である。その裏には日清戦争では獲得したのにという思いがあったからである。

問題は三及び四項である。

この戦争は、その殆んどが中国（清国《しんこく》）内で行われた。

清国は当然、当事者である。

しかし、この条約の中身を決める場にはおらず、後日それを追認する、いや飲まされるしかなかったのである。

それればかりかさらにその後、日本と清との間に満州善後条約が結ばれて、満鉄の延伸、拡張などの新たな利権が日本にあたえられた。

注目すべきは、満鉄の防衛のために日本軍の駐留（駐兵権）が認められたことである。

この駐兵権は今回が初めてではない。

二十世紀の初頭に発生した義和団《ぎわだん》の乱（清国内の内乱）の時にもこの駐兵権が行使されている。

この時、こともあろうに清国の実力者の西太后《せいたいごう》は、侮辱されたことに腹を立て、欧米列強の連合軍に対して義和団とともに宣戦布告をおこなってしまった。

当初、義和団の勢いが強く、勝てるとの見込みがあったこともある。

列強は清国の怒りを買うように仕向けたのだ。

戦略である。

清国はよく戦ったが、近代的な兵器を持たない清国が勝てる訳がなかった。

直ちに連合軍に鎮圧され、北京《ぺきん》は占領される。

連合軍は天文学的な賠償金を課した上に、中国各地の主な都市や港を事実上、植民地化した。


この時に、連合軍の各国は植民地内にいる自国の居留民《きょりゅうみん》を保護するという名目で、駐兵権を認めさせたのである。

勿論、連合軍の一角を占める日本も駐兵権を行使し、北京《ペキン》と天津《テンシン》に兵を置いたことがある。


日本はその少し前にも朝鮮京城《けいじょう》（現ソウル市）で小規模且つ短期間であるが駐兵権を行使している。

余談になるが、ロシアは義和団の乱が、北京やそれ以南で起きて連合軍がその対応に忙殺されている間に、満州に大量の軍を送り込み、この地を事実上、占拠してしまった。

満州の南の遼東半島に橋頭保《きょうとうほ》を築き、何としても日本海に届く不凍港を確保したかったのである。

この思いは帝政《ていせい》であれ、共産政治になってからでも変わりはなかった。

しかし、いわば火事場泥棒《かじばどろぼう》に近い行動ではあった。

各国から強い非難を浴びながらもロシアはしぶとく駐留を続けた。

国際社会、主に列強は正義を振りかざして抗議したが、何のことはない。自分たちが取り損ねたことへの反感からであった。

帝国主義の時代では当たり前のことである。

ロシアはこうまでして築き上げてきた多くの利権を、今回の敗戦で一挙に失うことになった。

そればかりか革命勢力に押され、やがてロシア帝国は崩壊《ほうかい》していく。

さて、今回の講和条約に基ずく駐兵権は、満鉄の路線1kmあたり最大で15名の兵員の駐留を認めていた。大連～長春間だけでも764kmもあり、付属地や支線を含めると、1万4千名近い、駐兵が可能であった。これは1個師団《しだん》以上、又は三～四個連隊《れんたい》の規模に相当する。当時、各連隊は地方ごとに編成されていたから、戦時でもないのにその地方の軍隊が全部抜けてしまうのは問題があった。

軍隊の存在は当然、戦争をするためではあるがその外に、治安維持《ちあんいじ》や災害復旧の応援も重要な任務である。

ましてロシア革命後に始まった、シベリア出兵もまだ続いており、いくつかの連隊が派遣されたままになっている。

駐兵権は戦争の上、勝ち取った重要な権利であり、満州進出への大事な足がかりとなるが、とはいえこれを全うするために師団規模以上の軍を派遣するなどの余裕はなかった。

やむを得ず、各地の連隊から大隊、又は中隊規模の部隊をかき集めて順繰りに参加させることにした。

篠山連隊の第２大隊は、長春から吉林《きつりん》の１３０ｋｍの半分近くを受け持つことになった。

さらに中隊規模に分けて、五月雨《さみだれ》式に派遣されている。

一挙に大規模な部隊を出して、現地の住民感情を刺戟したくないという配慮もあったかもしれないが。

二　篠山連隊

篠山連隊は後に、いろいろと編成替えをしていくが、この当時は兵庫県から は、多紀《たき》、有馬《ありま》、氷上《ひかみ》、川辺《かわべ》の4郡と大阪府の豊能《とよの》、三島《みしま》、北河内《きたかわち》、および中河内《なかかわち》の4郡とから構成されていた。

この中隊の中に多紀郡の森上潔《もりがみきよし》、豊能郡の福田信《ふくだまこと》および北河内郡門真村《きたかわちぐんかどまむら》の東出靖正《ひがしでやすまさ》がいた。

いずれも初年兵で、年齢も同じである。

三名ともに同じ中隊の、同じ小隊に所属し新兵訓練も同時期に受けている。入営は大正十年一月初めである。

新兵《しんぺい》の徴兵《ちょうへい》はいつもこのころである。

篠山にはもう、雪が降りつもっていた。

北河内にも年に一、二度は雪が降り、わずかに積もることもあるが、靖正にとって雪はやはり珍しかった。

「寒いなあ」

温暖の地に育った靖正にとっては正直な感想である。

「当たり前や。三月まではな」

福田は同じ大阪府出身とはいえ、豊能村の能勢天王《のせてんのう》の出だ。

豊能村は大阪府の最北端にあり、その中でも能勢天王は更に一番北にある。

平均気温は大阪市内より三～四℃も低い。

冬は特に寒い。

平地は狭く、両側の山肌にへばりつくようにして棚田が続いている小さな盆地である。

交通も不便で、大阪市内に出るには兵庫県の川西村《かわにし》まで乗合馬車で行き、そこから開通したばかりの電車を利用するしかない。

馬車の本数も少ない。

むしろ、東側の峠を越えれば京都の亀岡《かめおか》に出られる。

そこからは山陰本線で京都に出られるし、反対に北側の峠からは篠山に出られる。

篠山方面はよく利用しているのでこちらの方が馴染みがある。

能勢天王を北に向かえば谷筋《たにすじ》に出る。

低い峠を越えればもう篠山町の福住《ふくずみ》でその先の平地を進めば、篠山の中心地である本篠山《ほんささやま》だ。

距離はあるが乗合馬車の数は多く、それを利用する。

篠山はこぢんまりとしているが、歴史もあり古くから日本海側と京都、大阪を結ぶ交通の要衝として栄えてきた。

ここから大阪に出るには軽便鉄道《けいべんてつどう》で5ｋｍほど西の弁天《べんてん》駅まで行き、そこで福知山線の篠山駅（現篠山口駅）に乗り換えればよい。

「ウチは自作と小作が半々やけど、冬の間は雪が積もって百姓は出来へん。その間は出稼ぎに行かな、食うて行かれへん。」

福田が実家の状況を話したことがある。

「長男でもか」

「俺は二男やけど長男でも出稼ぎするで」

「どこまで行くんや」

「マア色々あるけど雪の積もらんとこやなあ。俺は伊丹《いたみ》か西宮《にしのみや》の造り酒屋で杜氏《とうじ》の見習いや」

百姓は秋から春先まで農閑期《のうかんき》だが、一方では酒作りは冬の寒い時期に適している。雑菌が繁殖せず、酒の発酵に都合が良いのだ。

うまい具合になっている。

大阪に行っても工員の仕事しかないし、それも最近の不況のせいで勤め口が減っている。まして短期の仕事は少ない。

それよりも手に技がつく杜氏の方がよい。

「お前らは知らんやろけど、杜氏の親方くらいになると酒蔵《さかぐら》の仕事を全部、任されるんやで。まあ俺はまだ見習いやけどな」

親方と一緒に寝起きして、半年間は酒作りに励む。

いずれは家を出ることになるが、それまでに独り立ちできることを夢見ている。

「篠山にも酒蔵はあるんやけど、数は少ないし中々使《つこ》うてもらわれへんのや」

阪神地区まで出れば、伊丹《いたみ》をはじめ西宮、灘《なだ》、魚崎《うおざき》と酒造会社は多い。

夢を語るときの福田の目は輝いている。


靖正が初めて篠山に来た時は、福知山線の篠山駅から隣接している軽便鉄道を利用した。

周りを低い山で囲まれた田園を十五分ほど走る。

周囲は雪で覆われて真っ白だった。

軽便鉄道はマッチ箱と呼ばれていた。

「なんであんなオモチャみたいな汽車が走っているんやろなあ」

「篠山の人はアホなことをしたんや。

明治の終りに本篠山に汽車を通す計画があったんやけどな」

「なんでアカンようになったんや」

「あの煙を吸うたら寿命が縮まるというて反対したらしい。人力車《じんりきしゃ》や馬車曳《ばしゃひ》きの連中も仕事をとられるいうて大反対したんや。あいつらが何も知らん連中を煽《あお》ったんやけどな。」

「せやけど連隊の誘致運動を始めたときに、汽車も通ってないような場所はアカンと言われたらしい。」

連隊が来れば人も集まり、町も賑わうかもしれないということで、演習場まで無償で提供したらしい。

しかし交通の便の悪さが指摘され、それが障害になったので、誘致が危うくなった。

町の有志が走り回った。地元の政治家も動いた。

「それで慌てて作ったのがこれや」

森上は地元出身だけにこの辺の事情に詳しい。

鉄道側はこの反対運動のために、本篠山に通すことをあきらめて福知山線は西に大きく迂回《うかい》せざるを得なかった。

この軽便鉄道は六年前に開通したばかりである。

これに似たような事情は、全国のほかの地域でも見られた。

「今田《こんだ》のモンにしたら汽車が近くに来てくれたんで、都合が良かったんやけどな」


今田は多紀郡の西にある焼き物の里である。

彼はその焼き物の燃料になる木を伐《き》る仕事をしている。樵《きこり》である。

その木は赤松《あかまつ》でないとダメだそうである。

火力が全く違うらしい。脂分が多く、炎が長いので登り窯に適している。さかんに力説した。彼もまた、自分の仕事に誇りを持っている。

山林地主に許可を得て木を伐る。

田畑の小作料は四割から五割程度であるが、山林の場合は小作料という名目ではないがその割合は6割から7割らしい。木が成長するまでの下草《したくさ》狩りや、枝打《えだうち》ちもあるし、伐ったあとの山からの運び出しなど、重労働が多いので割に合わない仕事らしい。

靖正は地主の息子である。

福田と森上の二人は、そのことを知っている。

二人が交わす言葉の端々に、小作料への不満があるのはよくわかる。

しかし、二人とも靖正の前ではさすがに、この手の話はあまりしなかった。

靖正にとっては、その気の使いかたがかえって重荷に感じる。

福田は篠山から南の方へは時々、福知山線を利用しているが北の方へはまだ行ったことが無い。この点では、三人ともおなじであった。

この路線は三年前に国有化されたが、その前は阪鶴《はんかく》鉄道と呼ばれていた。

いまでも沿線の人は、まだそう呼んでいる。

文字通り、大阪と舞鶴を結んでいる。

阪鶴鉄道の計画は一〇年以上も前からあったが、途中の武庫川渓谷《むこがわけいこく》のトンネルがいくつも必要なことや鉄橋の建設に手間がかかり、進んでいなかった。

日露戦争に間に合うように工事を急いだが、全線が開通したころには既に、戦争も後半にさしかかっていた。

それでも兵員や軍需物資の輸送に大きく貢献している。


靖正たちは、いまここを舞鶴に向かう。

早朝に連隊本部を出た一行は、昼前に東舞鶴についた。

舞鶴は日本海に面した湾で、その海への出口はせまく、両岸の浅瀬を考慮すると、実際に航行出来る幅は二〇〇メートルくらいしかない。

大型の船舶のすれ違いには神経を使う。

その代わり、日本海の荒波の影響を受けにくい。

湾の奥は広く、かつ水深も最も深いところでは二〇メートル近くもあり、大型の船舶とくに軍艦の停泊に適している。

天然の良港である。

古くは北前船《きたまえぶね》の寄港地でもあった。


明治の中ごろに、軍港に指定されてから徐々に整備が進み、その後、鎮守府《ちんじゅふ》も置かれた。

湾の東側が軍港で、西側は貿易港で定期便もあり、住み分けも進んでいる。

燃料や弾薬などを貯蔵する赤レンガ倉庫や、艦船の整備をするドックや機械工場も建ち並んでいる。

この港の整備には日清戦争の賠償金が使われている。


すでに埠頭《ふとう》には輸送船が接岸している。

荷物の積み込みが終わり次第、出港する予定である。
出港までの間、靖正は目の前の丹後半島《たんごはんとう》の山々を眺めていた。
裏日本の春は遅い。
山の上から中腹までは深緑《ふかみどり》だが、裾野に近づくにつれて徐々に萌黄色《もえぎいろ》に変わっていく。
その所々に色づきはじめた山桜《やまざくら》が点在し、畑には菜の花が一面に咲いている。
上から順に深緑、萌黄色、淡紅色さらに黄色へとゆるやかに入れ替わっていく。
いずれも柔らかい色である。
それらが目の前の紺碧《こんぺき》の海の上に拡がり、まるで水彩画のようだ。
満州ではどんな色彩があるのだろうか。

三小作

日本はここ三〇年ほどの間に、矢継ぎ早に多くの戦争を経験してきた。日清戦争にはじまり、義和団の乱への出兵、日露戦争、世界大戦（太平洋戦争が始まってからは第一次世界大戦と呼ばれた）、更には今も続いているシベリア出兵である。

この間、たしかに日本は急速な近代化を成し遂げることができたが、同時に多くの歪がでてきた。

度重なる戦争と、近代化推進に国の予算を使いはたしたため、大幅な増税は避けられなかったのである。

その税金も、江戸時代の年貢《ねんぐ》に相当する地租《ちそ》の比重が高く、商工業からの徴税の仕組みは江戸時代の冥加金の流れを受け継いでおり、徴税の範囲や税率も明確でなくまた、間接税の制度もまだ、整っていなかった。

まだまだ農民の税負担が大きかったのである。課税対象がはっきりしており、はっきり言えばとりやすかったのである。

悪いことに不作や不況がかさなり、国内では食糧不足の深刻さが増していた。米の不作につけ込んだ米の買い占めと、米価の高騰に大衆の不満が爆発し、米騒動も頻発している。

不況のため、都市部で始まった人減らしの余波で工員の給料は下がり、失業者が増えた。

当然、購買力も低下する。経済の悪循環が続いて、各産業はさらに停滞した。失業者の一部は農村に戻るしかなかったが、それには小作地が必要となる。土地の需要は、小作料の上昇を招くが一方、肥料も値上がりしている。小作人からの小作料の引き下げ要求は強硬なものになっていった。

政府は小作料の引き下げを画したが、出来上がった法律には多くの抜け道があり、実質的な影響はほとんどなかった。

逆に、地主側は小作地の取り上げという行動に出るところもあった。安い小作料なら土地は貸さない、というのである。

小作人は、しぶしぶ応じざるを得なかったが、小作争議は増加した。社会不安に陥ってはは大変である。ロシアの二の舞になってはならないと、政府は慌てた。

農林官僚はいろいろと改革を提案したが、抜本的な改革は貴族院《きぞくいん》がいる限りできなかった。


貴族院は皇族《こうぞく》、華族《かぞく》、大規模地主と高額納税者とから構成されており、彼らが強硬に反対したからである。

この辺の経緯は父の善右衛門《ぜんえもん》から詳しく聞かされている。

善右衛門は時代の趨勢《すうせい》に敏感であった。

ただ、その受け止め方は地主の立場に立ったものではあるが。

祖父の喜兵衛《きへい》は商才に長けていたようだが、善右衛門は社会の変化への対応と、資産の運用に意を用いていた。

靖正は少し違っていた。

弱きものに対する同情心のようなものが多少ともある。若者特有の理想論になびき易かったということもあるが、育ち方にも影響を受けていたのかもしれない。

政府はロシア革命のあとの共産主義の拡がりについても警戒していた。もともと日本の天皇制とは相容れないし、ロシアは積極的に世界に革命を輸出しようとしていたからである。

革命は農民の不満から出発していたし、皇帝一族が処刑されたことも警戒材料ではあった。

政府はこの農民の不満が高まらないように注意を払っていた。

帝政ロシアは四年前に崩壊し、いまや清も滅亡している。

古い体制が覆《くつがえ》されて、世界は過渡期《かとき》にある。

四王《おう》道《どう》楽《らく》土《ど》

日本の重工業はまだ十分に育っておらず、輸出するものと言えば絹、工芸品や繊維を中心とした軽工業製品くらいしかない。

資源もない。

国内市場も小さい。

かたや、満州には石炭、鉄鉱石などの資源があるばかりではなく、広大な未開の大地が眠っている。


何しろ、日本の3倍の広さがある。

これを利用しない手はない。

国内の貧しい農民を受け入れて日中で開拓すればよい。

また、かの地の資源で工業も発展する。

工業が進めば、日中双方に利益があるはずだ。

学者や思想家、政治家が「王道楽土」と呼んで満州への進出を喧伝《けんでん》した。

当時、著名な思想家が強く訴えた。

しかし善右衛門は実は、米国に注目していた。

今は、英国が世界中に植民地を持ち、軍事、経済の覇権を握っている。

しかし国内に資源はないし、国土も小さい。

一旦、資源の供給が停止すればたちまち窮するはずだ。


しかし米国は、国内に石油も豊富で製鐵業は世界一だ。

東南アジアにも触手を伸ばし、手始めにフィリピンとの戦争の後、事実上植民地化した。

そのうち英国に代わって、世界の覇権も手に入れるに違いない。


それだけでは飽き足らず、今また、満州に目を付けている。


そのうち日本と衝突するだろう。

このようなことから靖正を米国に行かせるつもりだったが、果たせなかった。

当時では旅券の申請をすると、まず警察がやってきてその家の財産状況を調べる。

これは問題なかったが、次に理由が認められて初めてパスポートが出る。その理由を修学《しゅうがく》としたのだが、これはおかしいとして不認可となった。

当時でも学者や芸術家までも渡航は認められていたのだが、いずれも渡航期間は数年と長期になっていた。

靖正の場合、3か月としていた。神戸からアメリカの西海岸へ行くにしても船で1か月はかかる。

帰りの船を考えると、現地での滞在は1か月もない。

修学にならないというのである。

物見遊山《ものみゆさん》の海外旅行など認めてもらえない時代であった。

今度は靖正から、上海《しゃんはい》に行きたいと言い出した。

中国ではアヘン戦争後、イギリス、フランスが上海に租界《そかい》を持っており、日本の大正時代にはすでに中国最大の経済都市になっていた。

風格のある立派な建物が次々に建てられている最中で、日本でも話題になっていた。


外灘《がいたん》などは絵画でみたパリの街のようであった。

靖正はここを見たかった。

アメリカの代わりに、ヨーロッパの雰囲気だけでも味わいたかった。

日本も上海に租界地域を持っており、ここへ行くには特に問題はなかった。

長崎と上海を結ぶ定期便まであり、多くの日本人が訪れている。


上海に行った靖正は近くの蘇州《そしゅう》も訪れた。

歴史のある寺もあり、街は細細としていたが古い建物の間を縫って水路が張りめぐらされ、どこともなく故郷の門真を思い出した。近代的な上海とが共存している中国を見て大きな国だと思った。

海外に行くのはそれ以来である。

五満州

船は舞鶴を出ると、隠岐の島の南を西に進み、対馬海流に逆らって朝鮮半島の南端のプサンに向かう。

翌十一日の朝にプサンに着くと、汽車に乗り換えて半島を縦断する。

太田《てじょん》経由で京城《けいじょう》（現ソウル市）にはその日の夕刻に着いた。

若い兵士は窓から身を乗り出して街の風景をみている。


女性が乳房を出して、歩いているかも知れないというのだ。

朝鮮では結婚すると女性は、乳房を出すというのである。

靖正も男である。後ろの方からではあったが見ていた。しかし、ついぞ見かけることはなかった。

肌寒い季節であったこともあるが、日韓併合からもう十一年も経っている。

そんな風習はもうなくなったのかもしれない。

平壌《へいじょう》には深夜に着き、さらにそのまま進み中国との国境の街、新義州《しんぎしゅう》には十二日の明け方についた。

ここと中国の安東《あんとう》を結ぶ京義線《きょうぎせん》は開通して十年になる。

朝靄《あさもや》の立ち込める中、長い鴨緑江《おうりょっこう》の鉄橋を渡り終えると中国領である。中国の役人が客車の中を通り、全員のパスポートを確認するが、ポーズだけでろくろく中身を見ようともしない。政府の規律も緩んでいるようだ。

ここからは満鉄の安奉線《あんぽうせん》で蘇家屯《そかとん》に着く。

「朝めしだ」

日本を出てから、食事はすべてにぎりめしと沢庵《たくあん》、梅干しである。兵営《へいえい》内であれば炊事兵《すいじへい》が作るが、この長旅では途中で立ち寄る日本軍の拠点で弁当が用意されている。

ここ蘇家屯では、汽車は乗り換えずにそのまま連京線《れんきょうせん》のレールに入る。

「ここから南へ行くと、大連や旅順《りょじゅん》で、北に行くと奉天《ほうてん》、長春《ちょうしゅん》や。変わったなあ。」

以前、ここに来たことのある伍長が説明している。

この路線が、ロシアから譲渡された東清鉄道の幹線で、石炭の露天掘りで有名な撫順《ぶじゅん》にもつながっている。

この鉄道は日本の所有となり、南満州鉄道と名称を変えてからも十年を経過している。

安東もそうだったが、蘇家屯の駅も大きくかつ、駅前もかなり広く支線もいくつか出ている。

構内には何本もの引き込み線があり、石炭や鉄鉱石を積んだ貨車が並んでいる。

このうちの何台かは日本行きだろう。

大連へ行くのか、プサンに行くのかは知らないが。

ここを出発して間もなく奉天《ほうてん》（現瀋陽《しんよう》市）で、ここも大きな街である。

四平《しへい》駅を経由して長春には十三日の昼前に着いた。

ここには満鉄の長春支店のビルがある。

三階建の横に長いコンクリート造りのどっしりとした建物である。篠山連隊の大隊本部は当然のことながら、篠山にあるが満州の現地本部はここにある。

着いたばかりの第2中隊全員は、汽車を一旦おりて大隊本部前の広場に集められた。

点呼《てんこ》のあと、大隊長殿の閲兵《えっぺい》を受ける。

中隊長殿の訓示が続く。

「我々は今から満鉄の守備業務に就く。

ここ長春からは大豆、小麦などの農産物、奉天からは石炭や鉄鉱石をそれぞれ日本に輸出している。日本からは繊維などの工業製品を輸入している。いずれもこの路線を使う。いわば産業の大動脈である。

守備業務の大半は破壊活動の防止と資材の盗難の防止である。

ここには満州人はもちろん、漢人や朝鮮人のほか少数だがロシア人もいる。言語も風習も違い、意思疎通が難しい。

ここでは次のことを守ること。
一つ　皇国臣民《こうこくしんみん》としての矜持《きょうじ》を保つこと。
一つ　住民に対し、不当な暴力をふるうこと、金品の強要、まして略奪行為は
　　断じてしてはならないこと。
一つ　婦女を強姦《ごうかん》してはならない。
一つ　規律正しい行動をとること

以上」

まあ、当たり前の訓示であった。
軍務局《ぐんむきょく》の人間と当番兵を残して、中隊は再び汽車に乗り東の吉林《きつりん》に向かった。
長春からは3時間ほどである。
ようやく一三日の夕刻に目的地の吉林に辿り着いた。
十日の早朝に出てまる四日を費やした。
ここから東へは現在、鉄道はない。

しかし軍の上層部は、この地域を重視しているようだ。

満鉄は、ここから東に向かって大河・豆満江《とまんこう》に沿い、日本海への出口まで路線を延長して京図線《けいとせん》を計画していたからである。

新線が完成すれば、吉林からなら二日余りで、日本にいくことが出来る。

現状の半分で済むのである。

また、船ならば鉄道による輸送量の何倍も、運ぶことが出来る。

しかしながら、豆満江の河口はロシア、中国と日本（現北朝鮮）の国境が近接しており、紛争が生じる可能性が高いとみていた。

現に、いま豆満江の河口の北方のウラジオストックからナホトカにかけて日本軍が侵攻している。

シベリア出兵である。

中国との間も、微妙である。

清はこれまでこの地を、父祖女真族《ふそじょしんぞく》の生まれた聖地とみなし永年、漢民族の入植を禁じていたほど神聖視していた。

もちろん、日本が進出してくるのを快くは思っていないが、共産ロシアが居座るよりはましだと考えるようになってきた。


時代は変わった。


いまや清の力はこの辺境の地まで、及ばなくなっていたし、徐々に入り込んできた朝鮮人の住む土地との境界も分からなくなってきている。

さほど重要視しなくなった。

そんなことよりも北京の政府は、清という国を維持するのに汲々《きゅうきゅう》としていた。

地方からの税金が入ってこなくなり、今や清国宮廷の威信は地に墜《お》ちている。

その威令が届くのは北京周辺になってしまった。

中隊本部はこの吉林に置かれ、各小隊は分散して配置された。

靖正の所属する第六小隊六一名は、吉林の東に幕舎《ばくしゃ》を置いた。

と言っても前任部隊からの引き継ぎであるので、新しく作るわけではない。

生活の基盤は既にある程度、整っている。

近くに井戸があり、飲料水は問題ないが食糧は買わねばならない。


しかし、貨幣経済は発達していなかった。

貨幣というものは、中央政府がしっかりしていて、信用されて初めて価値が認められて流通する。

その場合、大体は軍事力の裏付けが必要となる場合が多い。


特に日本、中国いずれの紙幣もここでは信用が無く、価値は低い。

但し、金貨や銀貨は、ある程度は流通する。

日本軍の軍票《ぐんぴょう》は全く通用しない。

物々交換がそれを補っている。

今までは、奉天から石炭を送り、それで支払うか日本から送った繊維製品を取引材料すなわち対価として使っていたらしい。

「また赤飯か」

兵士は高粱米《こうりゃんまい》のことをこう呼んでいた。

これか、麦かしか入手できず、白米はほとんどない。

ごく稀に、内地から送られてくるだけだ。

白米がこれほどうまいとは、ここに来て初めて分かった。


「毎日、食いたいもんやな」

「なにが」

「米の飯や。白米や。これで茶漬けを食いたい」

軍隊では食事が、最大の楽しみである。

毎日のように、こんな会話を交わしていた。


小隊にはトラックが3台しかなかったが、翌日からはこれに乗ってパトロールに出かける。

将校と下士官は、馬に乗るが、兵卒はトラックに乗る。

実は車の荷台に乗る方が楽だった。

「練習だ。今日はお前が馬に乗れ」

馬に疲れた少尉殿の命令が出ることもある。


この辺でのトラブルは、鉄道建設用の資材が盗まれることがほとんどで、それも枕木を固定する犬釘が最も多い。

レールは重いし、盗んでも処理出来ないので、あまり被害はない。

犬釘ならば、熔かしなおしてほかに利用できる。

延線する鉄路は今、建設中である。

路盤《ろばん》は地面より、1メートルほどかさ上げして盛り土《もど》を作り、その上に布設するが、破壊活動は、この土手を崩すのである。


爆薬を使っている時もある。

しかし奴らも警戒しているのか爆薬はたまにしか使わない。

その多くが、満州地方の軍閥《ぐんばつ》から金を渡されてやっている者が多く、根っからの反日活動だけではないようだ。
　時には、こちらも金銭を与えて懐柔策をとることもある。
　弾薬の補給にはあまり金を使わなかったが、それ以外の生活費に金がかかった。
　駐兵権の維持にも結構、金がかかる。
　もとより軍は何も生み出さない、ただただ消費するだけである。
　金食い虫である。
　しかし、無くてよいわけではない。
　平和を唱えていさえすれば、それでよいかというわけにはならない。
　侵略されることもある。
　特に、この時代である。清国をみていればわかる。
　この国が平和を求めていたわけではないが、強欲な列強に国土を蚕食されている。

相手が弱いとなると、襲いかかって餌食にしてしまう。
それが今の国際社会である。
いや、有史以来、ずっとそうだったのかもしれない。

分隊を乗せたトラックは、早朝に幕営地《ばくえいち》を出発する。
今日もまた、パトロールである。
路盤の盛り土は少しずつ、前に進んでいる。
だだっ広い平原の中に、集落が点在する。
そこには必ず、水がある。
井戸であったり、小川であったりする。
中にはきれいな水が流れているところもあった。

なるほど、人間は水が無ければ生きられない。
当たり前のことだが、あらためて認識する。

靖正の故郷は北河内郡の門真村である。


水郷で育った。

周りは一面の水田に、囲まれている。

これまで、水の有難みを感じたことはほとんどなかった。

いま目の前には、黄金色に染まった小麦畑があるが、この土地も近くに水があるからだ。

その向こうの未開の地は、水がないのであろう。

畑作に適した土地は、大半が北京に住む女真族のものだ。


ここでも土地を持つ者と、そうでない者とがいる。

それで何とかやっていけるのならよい。

まあ、やっていけてるのだろう。

しかし。

しかしである。

国内では今、不況や不作で多難の時を迎えているとはいえ、少なくともここより貧しいようには感じない。

それでも、ここの地を新たに開拓していこうとしている。

時には、いま住んでいる人間を追い出すこともあるかもしれない。

国民一人ひとりが、より良い暮らしを求めるのは当たり前である。

しかし、その小さな欲がつもり積もって、国を動かす大きな力になっている。

現に自分は、いまその渦中にいる。

靖正はよくわからなくなってきた、

靖正はここ数日間、考えていたことをぼんやりと思い起こしていた。


「何考えているんや」

森上が靖正の顔を覗き込んで行った。

「いや別に」

ギクッとして、顔をあげながらいった。

「あんまり広いんで、びっくりしてただけや」

この数日間、考えていたことは口に出さずに答えた。代わりに
「内地では仕事がない人が多いのになあ」とつぶやいた。

「せやな。ここならなんぼでも土地があるのにな」

小麦が終われば大豆が植えられる。


当時、満州は世界有数の大豆の産地で、大豆はもちろん、その絞りかすまで日本に輸出されている。

ここに日本式の農業を持ち込めば米作が出来る。

今は、灌漑《かんがい》施設はないが、豆満江からか、あるいはそこに汗ぐ中小河川から水を引けばよい。

それには大規模な土木工事が必要となる。

また、それには巨額の投資をしなければならない。

政治家だけでなく、経済界も期待している。

日本の苦境を救ってくれる夢の大地かもしれない。

言論界が喧伝し、新聞もそれを強調する。
一行は吉林の東の低い丘を越えて、拉法《らほう》の近くまで進み、そこでおりかえすことにした。

向こうに疎林《そりん》が見える。
「あれは赤松や」
森上が教えてくれる。
点々と散在する民家は、石と土でできた平屋ばかりである。
屋根はわらぶきか板屋根で、瓦屋根はない。
内部も土間の上に粗末なベッドがあるだけで、埃っぽい。
というか何となく薄汚れている。
民家の間の道路は、二間余りで結構広い。
守備隊の任務はもちろん、満鉄路線の防衛であるが、延線工事の資材の盗難に対応することが多い。

盗難事件があると、その行方を追いかける。

民家への立ち入り検査も行う。

ブツは見つからないことが大半である。

同道させる通訳が、もうひとつ頼りない。


長春から連れてきたが、現地の言葉が分からないのである。

満州語にもいろいろあるみたいだ。

おまけに、男言葉と女言葉があるらしい。

彼の言う日本語も頼りない。


こちらの喋る言葉も、関西弁なまりが多いので、まずそれが彼に理解できないことも多い。

彼を通じて、話をしていると肩がこってくる。

奉天の日本語学校で勉強してきたというので、長春の本部で採用したそうだが、本当に卒業してきたのだろうか。

反面、料理の腕はまあまあだ。

時折、軍の料理番に代わってさせてみるが、包頭や餃子はそこそこいける。

盗品の追及にはけっこう、手間がかかるが戸籍調査はそれ以上に面倒である。

もとより守備隊に行政権はないので、警察権をふりかざして家族の調査をする。

地方政府には、明確な戸籍簿などないのである。

地主の大半は、北京に住む女真族で、彼らが小作人の名簿を持っている。

地代をとるためである。

しかし、名簿はあっても戸主だけで、家族のことまではわからない。

しかも、地主がどこにいるのかわからないので、連絡がつかない。

ロシアが東清鉄道の建設に着手した時は、軍事力を背景にかなり強引に土地の買収や、ときには収奪まで行っていたらしい。

この辺からも、外国人排斥の動きが高まり、数年後に義和団の乱が発生したその原因となったのではあるまいか。

延線工事に伴う、用地買収には苦労しそうだ。

もっとも、これは満鉄の仕事だが。


地代の話に戻るが、多くは地主と小作人との間には商人がおり、収穫期になるとその商人は北京からやってきて、農産物を買い取りその代金から地代又は小作料を差し引くのである。


土地の境界争いは聞いたことがない。

十分に広いのである。

田畑への施肥《せひ》は、下肥《しもごえ》と堆肥《たいひ》が主で、少量ながら草肥《くさごえ》も混じっている。

草肥が少ないのは、雑草がそれほど多くないということもある。


ここの便所にはびっくりした。

三方に風除けの囲いはあるが、入口に戸はなく外部からは丸見えである。吹きさらしだから、冬はさぞ尻が寒いだろうと余計な心配をする。用を足すところは地面より一メートルほど高い所にあり、その下には広口の大きな革袋が置いてある。上で用を足したら、大小便はここにたまる。その皮袋の周りは何の囲いもないので匂いはかき消されるが、その代わり落ちてくるところも丸見えである。

日本では地中に壺を埋めて溜めておき、野壺に移し替えて発酵させて使うことが多いが、ここではその皮袋をそのまま牛に運ばせ、田畑に撒くのである。寄生虫や病原菌の死滅ということを考えていない。

ここでは収穫が終われば一応、耕すが深耕《しんこう》はせず表面だけしか耕さない。人力で使う鍬《くわ》や鋤《すき》はあるが、牛にひかせて使う犂《すき》はとうとう見なかった。第一、牛を飼ってないのか見たことがなかった。

畑の溝に水入れをするときの水路は、その都度作っているようで、恒久的なものではない。

「日本流のやり方やったら、もっとようなるのになあ」

福田は農地の利用の未熟さを指摘した。

彼の故郷では、段々畑に水やりをするのに苦労しているらしい。


「上の方までいちいち運ぶんか」

「水は上の方に、小さいため池を作ってる。そこに雨水や雪解け水がたまるようになってる。そこから下の方に一寸ずつ流すんやけど、夏場はなあ」

「足りんわけか」

「そうや。その時は、しゃあないから下から運ぶんや」

「人間がか」

靖正はびっくりして聞いた。

「まさか。大抵は牛を使う」

「肥はどないするんや」

「これはしゃあない。上から流れてくる訳ないからな。上の方にどつぼ（野つぼ）を作って下から、一寸ずつ運んでためとくんや。これも牛を使うんやけどな。

しばらく発酵させてから、周りに撒《ま》く。これは人がやる。この仕事がしんどい」

「大変なんやなあ」

「ここみたいに平地やったら、楽やろなあ」

靖正には、その段々畑での風景が想像できない。

門真のような水郷では、それほどの高低差で重量物を上げ下げすることはほとんどない。

大小の水路が、縦横に走っているからで、田舟による運搬がふつうである。それが使えないところでは大八車《だいはちぐるま》で野道を行く。

田畑への水やりも、水田の場合はもともと水に浸かっているからその必要はない。

反対に水はけが悪く、この悪水《あくすい》を汲みだすのに苦労する。人力で足踏み水車を使っての排水作業は、重労働である。最近では足踏み水車に代わって、焼玉《やきだま》エンジンでポンプを廻す試みも始まっているが、装置が高価でまだまだ一般には普及していない。

小規模の農地では、割に合わないのである。

ここなら広い農地を確保できるし、ポンプを使った灌漑設備を作っても、引きあうのではないか。

「変わるやろなあ。あと十年はかかるかもしれへんけど」

靖正は、日本流の田園風景になるのを、想像した。

夏には大豆畑となる。とてつもない規模だ。

秋になると豆を採ったあとの枝は集めて燃やす。

その灰はカリ肥料となる。

秋が過ぎ冬になると、周囲は一面の白い色に変わる。

雪と氷の世界だが、雪が積もっているのは木々の周りだけで、平原の雪は風に吹き飛ばされて、凍てついた氷の大地がむき出しになる。

何ひとつ育つ作物はない。内地なら冬野菜を作るが。

幕営地のテントでは、石炭ストーブで暖をとったが、気の毒なのは歩哨《ほしょう》に立つ兵士だった。

防寒具に身を包んでも、外に出るのは二時間が限度だった。

交代制なので、靖正も歩哨に出たことがあるが、まつ毛が凍るということを初めて経験した。


この時期、農民は狩りをする。

狐、兎やテンを狙う。

いずれも毛皮にするためだが、特にテンの毛皮は高く売れる。

「イタチに似てるなあ」

イタチなら、靖正はみたことがある。

「いや。いまこれには頭がついてないけど、見たら分かる。第一、イタチより大きいしな」

干してある毛皮を見て、福田が説明する。

「お前んとこはおるんか」

「いや、ウチの方ではおらんみたいや。せいぜい狐やな。ウチは猪や。犬や勢子《せこ》は要るけどようやる。鹿も捕るけど、肉は背中と尻しか食うとこないからそっちはあんまりやらん」

「俺んとこも猪や。篠山の猪はドングリをようけ食うてるさかいに、うまいんやで」

森上のところも猪の肉で有名である。

春が近づくと、俄《にわ》かに大地が甦《よみがえ》る。

鮮やかな新緑に変わっていく。

四月になって二等兵だった三人はそろって一等兵になった。

ここで一年を過ごしたので、小隊はさらに東進して敦化《とんか》、更に延吉《えんきつ》にそれぞれ二カ月ほど滞在し、遂に目的の雄基《ゆうき》にまで辿《たど》りついた。

豆満江の河口の東のかなたに、日本海が見える。

吉林からは四〇〇キロメートル近くになる。

すでに九月になっていた。

雄基には豆満江に面した港があるが、港湾設備が貧弱で水深も浅い。浚渫《しゅんせつ》しても上流からの土砂が堆積するので、恐らくすぐに浅くなってしまうだろう。

大型船舶の接岸は難しい。

豆満江の河口より南に十五キロメートルほど行ったところに日本海に面した羅津《らしん》港がある。

この港の前には小さな島があり、日本海の荒波を防いでくれるし、西にある背後の山も強風を和らげてくれる。

水深はそれほどでもないが、少し浚渫すれば大きな船でも接岸できる。港としては有望である。

但し、ここから吉林までの鉄道がない。

ここを貿易の拠点にするならば、鉄道の建設と、港の開発の双方を同時に進めなければならない。

日本からの巨額の投資が必要となるが、国にそんな余裕はあるのだろうか。

小隊は、雄基に幕舎を置き、近辺の様子を調査することにした。

このような仕事は、本来満鉄調査部の仕事であるが、手が足りないために機動力のある軍が担当している。

一年半を経過し、守備隊としての任務も大過なく果した。

少尉と准尉、ならびに護衛として一個分隊の計一五名が吉林に戻ることになった。

報告のためである。

トラック二台を連ねてでかけた。

中隊本部は報告内容を了《りょう》として、大隊本部に連絡し、第六小隊全員に帰国を命じた。

小隊が雄基に止まっていることと、羅津から日本への海路を確認するために、日本海ルートで帰国するよう命じられた。

部隊は雄基で一泊したあと、次を務める歩兵第三六鯖江《さばえ》連隊の一個中隊に引き継ぎ、南の羅津へ向かった。

鯖江連隊は四年前からシベリア出兵に参加しており、そのうちの一部が篠山連隊の後任として、転戦することになったのである。

但し、今までの軍務も考慮して任期は一年とされた。

シベリア出兵は、名目上はシベリアで苦闘しているチェコ軍団の救出ということであったが、実際は革命ロシアに対する武力干渉である。

革命後のロシアは、コミンテルンの結成など各国への共産主義の浸透を目指しており、日本はこれを食い止めなければならないと考えていた。

当初、日本は単独でも行動するつもりであったが、アメリカは日本の真の狙いは領土獲得であると邪推していた。

アメリカもチャンスがあれば、シベリアの一角に拠点を持ちたかったのである。

日米の対立の芽は出始めていた。

日本の影響力を弱めるため、アメリカは英・仏をさそい、連合軍として参加することにした。

このとき、日本は一番多くの兵を出している。

日本は、間宮海峡の対岸のニコラエフスク（尼港《にこう》）と、満州のチチハルの北方のブラコベシチェンスクおよび羅津の北のウラジオストックの三方面より出動している。

鯖江連隊は、ウラジオストック方面に進出していたため、一部が雄基に転戦するのに移動距離が短くて、都合がよかったのである。

「御苦労さまでした。向こうは寒かったでしょう」

「ほやってえ。冬には凍傷《とうしょう》にかかったもんがようけおったでのお」

「ここは港が凍ることはめったにありませんし、メシの心配もありません」

燃料不足で十分な食事も摂《と》れなかったと聞いている。

「ここは治安維持が目的ですから、戦闘行為は殆どというか、今まで1回もありませんでした。だから安心して下さい」

久しぶりに、日本人同士が顔を合わせたときに交わした会話である。
運悪く、内地に帰り損ねた彼等は目の奥で、語っていた。
『ええのオ。あんたらは。
わしらもはよ帰りたいでのオ』
気の毒に。
日本に帰れると、期待してたのに、もう一年御奉公とは。

六　帰国

羅津港を出たのは、ちょうど午前一〇時である。
どの顔も喜色満面《きしょくまんめん》である。
あとは日本海を、まっすぐ南下するだけである。
汽車を乗り継いでいくより、はるかに早い。
なるほど、この航路の開発は急がねばならないはずだ。
とはいえ、片道だけでも千キロメートル近くの海路である。

大正一一年一一月一二日。
もう、大陸からの風も冷たくなっている。
靖正は、乗船してからはずっとデッキから、大陸の方を眺めていた。
一年半、この東満州を転々としていた。
様々な人の生活があるのが分かった。
それも日本人だけではない。
靖正は、満州についてはほとんど何も知らなかった。

恐らく、ほかの日本人も同じようなものだったろう。

羅津を出て二時間もすれば、周囲には海しか見えない。船尾から白波をたてているから、進んでいるのはわかるが早いのか遅いのかよくわからない。

上官からは輸送船としては、早い方だとは聞いているが。丸一昼夜かけて、日本海を縦断し、ようやく陸地が望めるところまで来た。

「ブオーーッ」

汽笛が鳴る。腹に響く。

船室の丸窓には、薄墨色の陸地が見えてきた。

丹後半島だ。

薄墨色の下の方には散り残った茶褐色になった木の葉が見える。

満州の赤い大地とは違う。

それがゆっくりと、左から右へと動いていく。
山の上には、ほんの少し白いものが見える。
雪だ。
日本の雪だ。

しかし、まだ十一月の初めだから根雪《ねゆき》にはならないだろう。

船は若狭湾の入口に入った。
右手に漁村が見える。
ほとんどが二階建てで、一階には船が入っている。
それをやり過ごしながら、船はゆっくりと進む。

舞鶴湾に入った。
船は徐々に速度を落とす。
湾の全体が、見渡せる場所まで来た。

出発した時に比べ、建物が増えている。

急速に発展しているように感じる。

また、埠頭も立派な、コンクリート製に変わっている。

そこに着岸した。

ロープで繋留《けいりゅう》し、タラップを下ろす。

なかなか進まず、もたもたしているように見えてならない。

靖正は『早よせんか』と思わず口まで出かかっているのをこらえた。


「着いたな」

福田が呟いた。

「ああ」

靖正は、自分に話しかけられたのかどうか、よくわからなかったが、こう答えた。

「ようやく日本や」

今度は、はっきりとした口調で話しかけてきた。

「ここも結構、寒そうやなあ。山の上が白うなっとる」

福田がまた呟いた。

じっと遠くを見ている。

何か物思いに耽っているようだ。

「帰ったら出稼ぎや」出稼ぎのことを考えていたみたいだ。

故郷の能勢では、もう農作業は終わっている。


「どこまで行くんや」

「西宮やろな。一昨年《おととし》まで行っとったとこがあるんや」

杜氏の仕事がどんなものかは知らないが、将来の夢を持っている福田が羨ましかった。


小隊の一行は、来たときと逆の方向で篠山駅に向かった。

東舞鶴から、舞鶴線、福知山線と行くのだが、大阪までの直通列車に乗っているので福知山駅ではスイッチバックをして方向を変え乗換せずに行く。

このまま行けば大阪まで行けるのになあ、と思うが連隊本部で除隊手続きをしなければならない。

篠山駅につき、軽便鉄道に乗り換え、弁天駅から本篠山に向かう。

本篠山の手前に、篠山川が流れている。

多くの橋が、流されたままになっていた。

この川は満州の小川程度の川幅に過ぎないが、篠山盆地の平野部を流れるために上流と下流にはほとんど高低差がない。

そのため、ちょっとした大雨があるとすぐに増水して氾濫する。

土地の低い所では、雨が篠山川から逆流してすぐに浸水する。

毎年、同じようなことがあるのに河川の改修は進んでいなかった。

去年の台風の大雨による洪水の被害は相当、大きかったようである。

その災害復旧には連隊の二個中隊が出動している。

幸い、軽便鉄道の鉄橋は無事だった。

久しぶりに連隊の営門を通る。
歩哨の衛兵四名が出迎えた。
我々は訓練中には入ったことがなかった、下士集酒保《かししゅうしゅは》に案内された。
ここは普段は、下士官以上でないと入れない。
ここでは酒が飲めるし、日用品も手に入る。
しばらく待たされたあと、連隊長殿が出てきた。
大隊長殿もいる。
まじかで見るのは初めてである。
大阪八連隊の軍務局の人間まで来ている。
小隊の帰還にしては、たいそうな御出迎えである。
何かあるのか、と緊張する。
小隊長が報告したのに続き、連隊長が労《ねぎら》いの言葉と訓示を述べた。
続いて、上層部からの質問が続いた。

少尉と准尉が答える。

治安状況は無論のこと、水や食料の調達状況、物資の輸送、道路状況とくに、大型火砲が通れるかどうかや耐寒装備等である。

また、現地の住民感情、特に日本軍に対するそれがどのようなものかといった質問である。

質問は事前に用意していたようである。

おおよそ一時間ちかくかかった。


これが終わって、正式に除隊となったのだ。

この後、入営時に預けておいた私服に着替えると各自街に出かけた。

三々五々集まっては、宴会を設け、篠山での最後の夜を楽しんだ。

遊郭のある京口新地へ出掛けたものもいる。


靖正はまず、風呂に入りたかった。

満州にいたころはドラム缶の風呂ばかりで、それもゆっくりと入ったことはなかった。
その風呂もたまにしか入れなかった。

また、まともな食事もとりたい。
軍隊の食事は、はっきり言えばほとんど犬のエサに近い。
食中毒を恐れるあまり、なんでもかんでも必要以上に煮込んである。
連隊本部にいたころはタクアンまで煮込んであった。
毎日が雑炊みたいなものである
歯ごたえのあるものが食べたかった。
噛みごたえのあるタクアンが無性に食べたかった。

むこうでは腹が減っているから食べたが、食欲をそそるものではなかった。
少なくとも靖正の口にはあわない。
貧しい農家の出身者は、これでもきちんと食べられるだけ幸せだとは言っていたが。
靖正は、福田と森上を誘い、二階町の料理屋「笹や」に出掛けた。ここは泊まることも出来る。

新兵訓練も三人は一緒だった。訓練はわずか三カ月であったが、様々なことを思い出す。この連隊は、厳しい訓練で有名であった。厳しさに耐えかねて、自殺者を出したこともある。

彼らが入隊した時は新雪のころで、その多紀連山《たきれんざん》を何度も縦走させられた。今から思えば、満州の寒さに耐える訓練をしていたのかも知れない。八甲田山《はっこうださん》事件のあとだったので、案内人はちゃんと付いていたが。

多紀連山は六百から七百米くらいの山脈でそれほど高い山ではない。主峰の御嶽でも七百九十三米であるが、南の斜面は緩やかでも北側は急峻な崖が続く。冬の積雪のころは注意しないと雪庇を踏んでしまいかなりの高さを落下してしまう。古くは修験道の行場であったほどである。

大雪の時は、町に出て雪かきもさせられた。軍隊は地域とともにある、ということを見せる必要があった。ここの雪は重い。

雪掻きは重労働である。除雪した雪は、トラックに載せて篠山川の川原まで捨てに行く。流れる水で融かそうとするのだが、冬は水が少ないのでいつまでも融けずに残っている。

雪掻きの時だけではない。靖正は、いつも二人に助けられた。彼らは身体頑健だけでなく、精神的にも粘り強いところがあった。

そのたびに、自分の軟弱さを思い知った。

しかし、現実の社会に戻ると、違う世界にいるのだということもわかった。

靖正の方が彼らより、上にいるのである。

「おまえはいいよなあ」

「そんなことはないで」

お前たちこそ、目標を持てて幸せやで、と言いたかったがさすがにそれは言えず、咽喉の奥にしまい込んだ。


靖正は地主の跡を継いで、東出の家を守っていけばよいだけである。

二人に比べればはるかに恵まれている。

しかし、今は人生に強い熱意を持てないし、意欲がわかない。

必死に働く人々を見てしまったからなのか。


もうひとつ、はっきりした目標がつかめていない。

小さいときから物に不自由した覚えがない。

行末は地主になるのが分かっている。

父の善右衛門は自分と同じ境遇だったはずだが、四条畷の荒れ地を買い農地に変えようと頑張っている。夢を持っている。自分も何か目標を持たねばならない。


三人はそれぞれ、別々の運命を背負って生きている。

三人は共に過ごした日々の思い出話に耽った。

久しぶりに飲んだこともあり、話は深更にまで及んだ。

布団に入ってからも長々と話をした。

この二人とは、もはや会うこともないだろう。

しかし、お互いに一生忘れないだろう。

そんな連中がたとえ一瞬とはいえ、同じ釜の飯を食ったのは軍隊があったからだ。

だが現実の軍隊は、非情と不合理の塊でもある。

戦争に参加した人の話を聞くと、実際の戦争では隣にいる人間が次々に斃《たお》れていくという阿鼻叫喚《あびきょうかん》の世界であるらしい。自分が生き残ることしか考えない。

しかも最前線に駆り出される下級兵士から死んでいくのだ。

兵営内では古参兵が威張っている。しかし戦闘ともなれば古参兵も一兵卒だ。危険な前線に出なければならない。

このためやけくそになった古参兵によるいじめやしごきが横行する。

しかし今回は戦闘することがないのが分かっていたのでリンチなどは殆んど無かった。置かれた環境が良かったのである。

二十世紀は、帝国主義が支配した時代である。

国と国とが領土を求めて争い、弱肉強食が繰り広げられる。

表向きというか、建前は自由と正義を唱えているが、自身の欲望のカクレミノにしているだけである。

そして、その背後には必ず軍隊がいる。

シベリア北部で起きた尼港《にこう》事件では、駐留中の日本軍と居留民の日本人が皆殺しにあっている。

軍隊がいたから、起きた事件ではあるがそれを解決したのも軍隊がいたからである。

どうあるべきなのか。

わからない。

靖正は寝床に入ってからも考え続けていた。

七田舟

翌朝、三人は別れた。

お互いに再び、会うことはないと悟っているからか、しばらくはじっと見つめあっていた。


福田は乗合馬車で能勢天王に向かい、靖正は森上と一緒に弁天駅まで行った。

ここで森上とも別れると、靖正は福知山線に乗る。

尼崎まで出て東海道本線経由で大阪駅まで行く。


このときの大阪駅はまだ地上駅であった。

改札口は駅の南側にあり、多くの人が見送りや、出迎えに来ている。

その中に、懐かしい顔が見える。

事前に電報を打っていたので、駅には父善右衛門、母真佐子と使用人の新治郎の三人が待っていた。

叔母の松子の姿は見えなかった。

真佐子の姿に遠慮したのだろう。

靖正は、残念な気がするとともに彼女に哀れさを感じた。元気な姿を見せたかったが、またゆっくりと顔を見せに行けばいいだけだと考えることにした。

父の喜びようは、ただ事ではなかった。たった一人の跡継ぎである。無事で帰ってくることだけを待ち望んでいた。

顔を見つめ、ウンウンとうなずいてからいった。

「よう帰った」

その一言に、万感の思いがこもっていた。

そして、父は息子の手を握りしめた。

幼いころを除いては、ついぞないことだった。

守備隊の任務は危険が少ないとはいえ、二年前には「尼港事件」のようなことも起こっている。

いつあのような残虐な事件が起きるかわからないと、悲観的なことばかり考えていたのである。

四人は大阪駅前から市電に乗り、空心町《くうしんちょう》から天満橋《てんまばし》に出た。

ここから京阪《けいはん》電車に乗る。

京阪の天満橋駅は始発駅で、大川の橋のすぐ南の地上にある。

駅を出るとすぐに、大川と合流する寝屋川《ねやがわ》の鉄橋を渡り、片町《かたまち》、京橋《きょうばし》の駅へと畑の中を通る。

幾つかの駅を過ぎて、守口《もりぐち》の駅に着く。

ここには大きな車庫と変電所がある。

その北側を走っていく。

しばらく、田園地帯を走り、門真の駅に近づく。

ここに来るまで、父はなんだかんだと聞いてくる。

靖正は適当に返事をしながら、周囲の懐かしい景色を見ていた。

六間川《ろっけんがわ》につながる小さな川がある。それを越える鉄橋の付近だけ地面が少し、高くなっている。

南側に西三荘《にしさんそう》の発掘された古代遺跡がある。

その橋を越えて、下り坂になると同時に右に大きく曲がり、またすぐに左に曲がる。


門真の駅はこの曲った所にあり、電車は少し左に傾いて停車する。

駅のホームは二両連結の電車がようやく停車できるほどの長さである。

小さな村の駅である。

満州の長春や吉林の駅と比べると、かなり見劣りがする。

切符売り場も一間四方の平屋の小さな建物である。


北河内郡は大阪市の東に位置する。

その中で淀川の南にあるのが門真村で、靖正の生まれ育った所である。

太古は、海でまだ大阪湾の中にあり、巨大な沼であったが、次第に淀川の土砂の沖積地として干潟となり、やがて隆起して陸地となる。遠い昔である。

しかし、低湿地が多く、常に洪水に悩まされてきた。

はるかな昔、これを防ぐために仁徳天皇が築いたと言われる、茨田《まんだ》の堤が一部だが残っている。

見渡す限りの水田で、大阪と京都を結ぶ京阪電車が、村を北と南に分断している。

はるか東を見れば、飯盛山《いいもりやま》まで田んぼが広がり、朝の早いうちは朝靄《あさもや》の中に陽炎《かげろう》が立つのが見える。

飯盛山は、生駒山脈の北にある三百メートルほどの山である。

ふもとに南北朝時代の楠正成《くすのきまさしげ》、正行《まさつら》の古戦場がある。
振り返れば、西の夕空に大阪の街のシルエットが夕焼けに映え、まだ沈まぬ月がうっすらと浮かんでいる。

靖正はこの風景が好きだ。
いつの季節ということはない。
春夏秋冬、いつ見ても安心する。
遠くに山が見え、水がある風景。
乾いた赤い大地と異なり、潤いがある。

そうだ。
満州とは違う。
満州は乾いていた。
水はあるところにはあったが、大きい川しかなかった。

しかも茶色か灰色の、濁った水しか流れていなかった。

ここ門真は水郷である。

きれいな水が淀《よど》むがごとく、緩《ゆる》やかに流れる。


門真の駅を降りると四人は、すぐに南の方に行く。

二町も歩けばもう、村外れである。

その東の端に靖正の家がある。

この地方の大地主である。


とはいっても、幕末までは二反ほどの水田を耕す自作農（本百姓《ほんびゃくしょう》）に過ぎなかった。

そのころは全国の三、四割は本百姓であったらしいが。

靖正の祖父の喜兵衛《きへい》が米の売買をやり始めて小金《こがね》をためた。

明治初期の地租改正《ちそかいせい》の時に租税を現金で払えず、止む無く土地を手放す者から少しづつ土地を購入して、結果として今や三町歩余りの土地を所有するに至ったのである。

つまり、大昔からの大地主ではない。


靖正の家は水田に囲まれている。

家のすぐ東側には幅一間余りの水路があり、緩やかに水が流れている。

そこに農作物や、時には肥料や農具を積んだ田舟《たぶね》が通って行く。

少し、広くなっているところがあり、舟はそこですれ違う。


その水路は所々で水田との境目が見えぬほど交わっている。

敷地の北東に母屋《おもや》があり、その東側に炊事場と風呂場がある。

炊事場の下は三和土《たたき》で、窓は東側にしかなく、中は昼間でもうす暗い。竈《かまど》の炊《た》きぐちは三つある。

風呂場は東向きの観音扉を開けると、一間ほどおいて更に東向きの戸をあけると前は水路であり、4段の石段で水路から船に乗ることが出来る。

炊事場の北側に木戸があり、外は幅の狭い路地がありそこに野生の蕗《ふき》が生えている。

その前方も水田で、二町ほど北の方には京阪電車が通っているのが見える。

炊事場の西側には、台所と納戸があり、納戸にはどぶろくや味噌、漬物や醤油などが入っている。その西には八畳間が二部屋続いている。

これがもともとの母屋であるが、後に西側に二部屋と小さな炊事場を増築した。

増築した部分には二階を付けた。

これが現在の母屋になっている。

さらに母屋の西の端にはやはり、後で作った米蔵《こめぐら》がある。

東西に長く、まるで鰻《うなぎ》の寝床《ねどこ》のようである。

米蔵は洪水に備えて二メートルほど石垣を積んで高くしてある。

立派なつくりで、内部には中二階がついている。

母屋の風呂場の南には洒落た洋風の、離れが経っている。

十畳間と八畳間がそれぞれ一部屋づつあり、東と西に両開きの出来る窓がついている。

靖正はこの窓の下を通る田舟を見るのが好きだった。

水田《すいでん》の向こうに、飯盛山が見える。


靖正のことについて説明しておかねばならない。


父善右衛門は兵役から帰ってきた時に、結婚している。

二十四歳の時だった。

祖父喜兵衛が仕向けた。

妻真佐子《つまままさこ》は十九歳で華族の出であった。

しかし、子供はできなかった。

真佐子は美人だったが華族の出であることを鼻にかけて、気位が高く善右衛門とはうまくいかなかった。

喜兵衛は気に病んだ。

東出の家に箔《はく》をつけるつもりで、真佐子を選んだのだが跡継ぎが出来ない。喜兵衛も善右衛門一人しか出来なかったので、うちの家系は子種がないのかなとも思った。

心配だった。

思い切って、小作人の娘ではあったが、松子という娘を選び妾とさせた。

この時代、東出家くらいの家であれば妾を持つということはそれほどやましいことではなかった。

特に善右衛門の場合は、本妻との間に子供が出来なかったので仕方がなかった。

真佐子も納得していた。

この辺は華族の人間だ。家長が妾をもつということは華族の社会では、特段珍しいことでも無いのかも知れない。

こうして松子との間に出来たのが、靖正だった。

喜兵衛は、靖正が跡取りということもあり、むごいとは思ったが、靖正が三才になった時に、善右衛門と真佐子夫婦に引き取らせた。

松子は時々、顔を見せていた。

松子は遠い親戚のおばさんだと教えられて育った。


小さいころから松子を叔母さんと読んでいたので、いまでもおばさんと呼んでいる。

義母真佐子は気位が高く、少しきつい所があったが、それ以外では普通の母と変わることなく靖正を実の子として可愛がった。

しかし、所詮は生《な》さぬ仲である、どことなく溝があった。


松子は村の北の方に小さな一軒屋を宛《あて》がわれて住んでいた。

善右衛門は時々松子の家を訪れて、時には泊まることもあった。

靖正も松子の家にはよく遊びに出かけた。

松子は当然、可愛がるし靖正の方も何かしら温かみを感じていた。
血のつながりというのはそういうものだ。
「靖《や》っちゃん」松子の笑みを浮かべて呼ぶ声にも愛情がこもっている。
「おいで」
靖正は松子の膝の上に、頭を載せる。耳掃除をしてもらうのが好きだった。
松子もわが子に触れることの出来るこの瞬間が幸せを感じるときだった。

松子は普段は、質素な生活をしている。
別に贅沢をしたいとも思わなかったのである。
生まれついての生活がそうさせる。
仕事も、実家の手伝いと時折和服の仕立てをするくらいである。

靖正はこの松子の生活態度を見ていて大きな影響を受けている。

善右衛門や靖正が来たときは、御馳走を作った。

近くの卵屋に頼んで、鶏を一羽つぶしてもらって、すき焼きを作ったり、じゃこ豆やゴボウや人参の煮物を作って出した。

松子の家の周りも水田が多い。

飯粒がこびりついた釜を、水路の水に浸けておくと、小鮒やモロコ、たびじゃこ等が入ってくる。

これをそっと引き上げて、一日たらいで泳がせて、泥を吐かせる。

じゃこ豆とは、これを大豆、昆布、ニンジン、こんにゃくなどと一緒に醤油と砂糖で甘辛く煮たものである。

このころの重要な蛋白源であり、保存食でもあった。

靖正は松子の味付けが好きだった。

真佐子は松子のところに行きたがる靖正に対して、電車の踏切を越えていくのは、危ないと言ってあまりいい顔はしなかった。

こんなに可愛がっているのにと、内心では悔しい思いがあったのかもしれない。

高等小学校の一年生になった時に、父から松子との間のことを知らされた。ショックだった。

多感な時である。しばらくは一人でいることが多くなった。

父や真佐子に対してつっけんどんな態度もとった。

どことなく、自分には性格的に陰気なところがあるのは、自分でも感じていたが、こういうところからきているのかなとも思っている。

満州から帰って半年も経っていない、大正一二年の春に、靖正は結婚した。もちろん見合いである。

靖正には自分の生い立ちからくる戸惑いもあり気が進まなかったが、父は自分の経験から早く結婚させて子供を作らせておきたいという気持ちが強かったために強制した。

相手は三才年下の菊《きく》という娘で、なんでも祖父は大和郡山藩《やまとこうりやまはん》の家老だったということである。

菊の家も一町歩ほどの田地《でんち》を持つ地主で、今は奈良の西部の王寺《おうじ》というところに住んでいる。

そこの次女で物静かではあるが、笑顔が絶えず愛想はよく、家事は一通りこなすという。

知り合いの人の紹介だったが、物静かで特に明るいところが気に入り、靖正はまもなく結婚を決めた。

自分の暗い性格を補ってくれると思ったのである。

二人は離れの二間で、新婚生活を始めた。

父はことのほか喜んだ。

松子も同様である。

自分が産んだ子が、正式な結婚をしてくれたことが嬉しかった。

自分の産んだ子を幼い時に東出家にとられてさびしい思いに耐えてきたのが、やっと報われたという思いがあった。


結婚生活は順調だった。

育った環境も二人は似ており、皆は菊の人がらが気にいっていた。

大正十三年、結婚の翌年に、菊は身ごもった。

予定日は八月だったが七月に菊は破水《はすい》した。

菊の親はもちろん、みんなが心配した。

出産前に動いた方が、お産は楽だということを聞いていたので拭き掃除など、家事をしたのがまずかった。

父は酒断《さけだ》ちまでして、孫が無事に産まれてくることを祈った。

それだけではない。

神社に出向き、何度か祈願のお百度参《ひゃくどまい》りまでした。

靖正も男の子でも女の子でもよい、元気に産まれてくれればそれだけでよいと念じた。

その甲斐あってか、早産ではあったが標準体重には足りないものの無事、元気な男の子が生まれた。


それが長男、正剛《せいごう》である。

善右衛門は神社に二基の灯籠を寄進した。

東出の家は幸せに包まれていたが、時代は少しづつ動いていく。


父は喜兵衛の後を継いで、村会議員を務めている。

靖正は家業の手伝いである。

このころには靖正も仕事に張り合いが出てきた。

やはり子供が出来たことが大きい。
可愛かった。幸いなことに大きな病気もせず順調に育ってくれた。
父善右衛門はこの孫が可愛くてたまらなかった。
「正剛、正剛」と言っては膝の上に載せてご機嫌だった。
夏と秋は門真神社に祭礼があり、小さいが縁日の屋台が出る。
その時には必ず連れて歩く。
村会議員の仕事もあったが、それ以外はほとんど孫の相手をしていた。

地主とはいえ、東出家は自作農でもある。
今でも二反ほどの土地を、新治郎夫婦の助けを得ながら、耕作している。

秋になると、小作料の受け取りが始まる。
小作料は物納である。
受取った米は、玄米のまま家の蔵に納められる。
米問屋が来て、逐一品定めをして、それらを買い取る。

価格は相場に左右される。

高ければ良いが、安ければ売らずに翌年まで蔵に寝かせたままにする。しかし、結局は古米《こまい》となり、買い叩かれることのほうが多い。

東出の家では、小作料を収穫高の五割としているが、その収穫量は稲刈りの前に、穂の成り具合を見て推定するだけなので、実際のところはよくわからない。

この辺はお互いに信用取引である。

小作人は小作料を納めたあと、その残りを自家消費米とし、さらにその残りで生活必需品を買うことになる。

生活用品を買うために、自家消費米を減らして主食を麦で補っているのが実情である。

春先の麦や、野菜は小作料の対象外なので、小作人は麦の植え付けに力を注ぐ。

しかしながら、それは水田よりも土地が一段、高くなっている高田《たかた》のことだ。常時、水に浸かっている水田（高田に対して下田《しもだ》と呼んでいる）では麦作は出来ない。

下田は稲の出来具合は大体においてよいが、こういうことを考えると、高田も下田も一長一短がありどちらがよいかということは言えない。

東出の家では、毎年十二月末までに小作地の割り当てを決める。

各小作地の小作人は、ほぼ一定しているが、小作人の希望もあり時々、差し替える。

このときに、小作人の希望を聞くのも靖正の仕事である。

地味《ちみ》の豊かな土地と、そうでないところがあるうえに、豊作、不作の要素が重なるので、不満が出ないようにするのが難しい。

小作地を固定してやれば、自分の土地だという意識が芽生えて田畑への施肥の熱意も変わってくる。

干鰯《ほしか》や、油カスなどの金肥《きんぴ》は、栄養効率だけでなく、永続性もあるが金のない小作人は使わない。

地主としてはそういう肥料を使って、地味を豊かにしてほしいのだが、それを要求するわけにはいかない。

八　蠢《しゅん》動《どう》

世の中に、暗い雰囲気が漂い始めた。

去年の九月には関東大震災があり、不景気も始まっている。

東北では相次ぐ不作で、危機的な状況が続いている。

多くの餓死者も出た。

西日本ではそれほど深刻ではなかったので、輸送と適切な政府の施策（例えば備蓄や政府買い上げとか）があれば被害は軽減出来たのかも知れない。

福田や森上は大丈夫だろうか。

政府は失業者を救済するためも、あったかしれないが、農民の二男、三男を軍に吸収し、対策の一つとした。

軍、特に陸軍は少しずつ膨れ上がっていった。

蓄積された力は、はけ口を求める。

やがて、満州事変につながっていく。

翌年、満州帝国が成立する。
日本国民は狂喜した。
靖正も例外ではない。
その翌年に長女が生まれる。
満州帝国の誕生に因んで満枝《みつえ》と名付けた。
子供が二人出来た。
正剛だけではない。
父も喜んでくれた。東出の家で女の子ができたのは初めてだった。
通り過ぎただけの町にしか過ぎなかったが、長春を思い出す。
名前も新しく、新京《しんきょう》にしたらしい。
満州帝国の首都である。

次々と壮大な都市計画が発表された。
あの広大で豊かな大地が、日本を救ってくれるのではないか。
京図線はまだ完成していなかったが、羅津と舞鶴あるいは新潟をつなぐ航路が完成するのが待ち遠しい。

あの路線は日本の金で日本が作った。

その一翼を我々が担《にな》ったのだ。

プンと臭う高粱米を、赤飯と称して食べながら。

満州、朝鮮半島や台湾から輸入される、いわゆる外米《がいまい》によって内地の米相場は沈静化した。

満州事変の年に、正剛は尋常《じんじょう》小学校に入学した。

相変わらず身体は小さかったが、すばしっこくて運動神経はよかった。学業の成績も上の方だった。

運動会の徒競争《ときょうそう》では必ず入賞して、意気揚々と賞品の鉛筆を持って帰ってきた。

靖正の自慢のひとつである。

性格も明るく、年の離れた妹を可愛がった。

正剛が小学校五年生になった時の、昭和九年九月二十一日である。四国の室戸岬に超大型の台風が上陸した。史上最大といわれる室戸台風である。

淡路島を抜けても勢いを保ったまま、大阪を直撃した。

ちょうど朝の通学時間である。

正剛は何とか学校には着いたが、間もなく平屋の校舎の一部と講堂が倒壊した。

ほかの校舎も危なくなってきた。

学校は急いで、生徒を帰らせることにした。

生徒はさきほど、来た道を引き返した。

倒れた稲穂の間を水に浸かりながら歩いた。

靖正は校舎の倒壊があったことは知らなかったが、あまりにも強い風に驚くとともに、家人に当たり散らした。

「こんな日に行かせる奴があるか」

靖正の家は田んぼの真ん中である。まともに風の影響を受けた。皆は蔵に避難していた。

ほどなく増築した西側の二階部分が吹き飛ばされた。

蔵の屋根瓦も半分近く吹き飛んだ。

正剛と二人の友達は一歩も動けず、水田の中の稲穂に隠れて、台風の通り過ぎるのを待っていた。

靖正と新治郎が迎えに行き、田んぼの中に潜んでいる正剛らを見つけた。

小学校の先生と生徒の何人かが大怪我をしたが、正剛はかすり傷だけで無事だった。

この室戸台風では近畿全体で3千人を超える死者・行方不明者が出ている。

収穫前の稲は大きな被害を被《こうむ》った。

泥に浸かった稲は、水で洗い流してからハサに架けて干したが、カビが発生したり一部は腐ったりして品質はガタ落ちである。

少なくとも売り物にはならない。

良くて家畜の餌である。

今年は小作料を減免してやらねばならないだろう。

それが地主としての責任だと思う。

そればかりか、来年の種籾《たねもみ》まで出してやらねばならないかもしれない。

米商人は動きが素早い。

翌々日には訪ねてきて、蔵の中の古米で良いから売ってほしいと言ってくる。

相場の上昇を見込んでいる。

靖正にすれば、小作人の救済があるし、東出の家の分もあるのでその残りならよいと応じたが、商売とはいえ、救済どころかまず利益という商人の態度に何か割り切れないものを感じた。

しかし、自分も似たような立場ではないかという思いもあった。稲作への被害は高知から淡路島、阪神地区と京都に限定されていたので全国にまで影響は及ばなかった。

翌年の春、父善右衛門は亡くなった。六五歳だった。

地主であり、村会議員も務めていたので大勢の弔問客があったが、大半は義理で来ている。

そんなものかなと思いながらも、こちらも事務的に対応している。

東北では不作が続き、娘の身売り等の暗い話題が新聞を賑わせた。

政府が有効な手を打たない間に、次第に軍部の急進派の意見が幅を利かせてくる。

複数の思想家が扇動《せんどう》して、大陸への進出を説く。

新聞の論調もそうだし、政治家の多くも同調している。

国民全体が大陸熱に浮かされている。

誰もが同じことを言い出した。

おかしい。なにかが。

靖正は直感的におかしいと感じた。

すでに始まっていた大陸への進出は、満蒙開拓団《まんもうかいたくだん》の名前で国家事業として発足する。

鉄道、製鉄、農業などの分野へは、国を挙げて多額の投資をしたので、その間は一定の経済成長をしている。

国民もたしかにそれを実感している。

石炭、鉄鉱石、大豆、小麦の日本への輸出も急増している。

国債に頼った投資の成果で、各産業は膨張している。

しかし所詮は借金である。

いつまでこの動きが続けられるのだろうか。

政党が政争に明け暮れている間、政治は政党から軍部へと次第に比重を移していった。

グダグダと論争ばかりで、何も決められない政治に対し、国民は興味を失っていた。

軍の一部は暴走し始めた。

国民の声が軍の動きを後押ししていたことが一番大きかったが政府にはリーダーシップがなく、軍の動きを抑える力はなかった。

政治家は国民の声を気にしている。

有るべき姿を示して国民をリードすると言うよりも、国民に引きずられていた。

今の某国に似ている。

もとより国民に深い考えはない。雰囲気に弱かった。

この辺は新聞やラジオによって、国民も洗脳されていたのかもしれない。

軍の若手が主導した二・二六事件は鎮圧されたものの、責任追及が不徹底で根幹部分は何も変わらなかった。

中国軍の発砲をきっかけに始まった日中戦争は、連戦連勝と報じられて国民はそれを信じ、その勝利に酔いしれた。

開戦当初、日本軍は二〇万の兵を出して南京《なんきん》を占領した。国民は提灯行列《ちょうちんぎょうれつ》までしてその勝利を祝った。

このころから、国民は思考能力を失い始めた。

二〇万の兵というと、一五から二〇個師団である。

靖正は満州にいたころの経験から、その費用について考えていた。あの頃でも、兵隊一人当たり一日五合のコメが必要であった。

一合が一五〇グラムとして五合なら七五〇グラムとなる。

二〇万人なら一五〇トン（二五〇〇俵）が毎日、必要である。毎日である。開戦から南京入城までの六カ月間に二万七千トン（四五万俵）の米が必要だったはずである。

あの広大な中国でこれだけの量は輸送できない。

恐らく、現地調達であろうが、貨幣価値が乱高下する中ではまともな取引は出来ず、強制《きょうせい》徴用《ちょうよう》や略奪《りゃくだつ》がなかったとは言いきれない。
戦争であるから、このほかに武器弾薬の費用が要る。

一人の兵士を育成するにも多額の費用がかかる。

そんな金はどこから出てくるのか。

国債か。

あれは借金である。いずれ償還しなければならない。

国債の増発はインフレを招く。

そんなことを考えながら、この戦争が果していつまで続けられるのかなと、一抹の不安を感じていた。

一般の人は無頓着であった。

左寄りの人は封じこめられていた。

大正末期に制定された治安維持法は、このころになって効力を発揮してくる。運用を厳格にしたのであろう。

長引く戦況により、全ての資源を戦争に注入するべく国家総動員法が発令された。

戦時に際し、「国家目的達成」のため、あらゆる人的、物的資源を統制することを目的にしたもので、軍への徴用と物資の運用を政府が議会に諮《はか》らず、自由に出来るものであった。

米の増産が求められたが、現行の地主制度では農民の生産意欲の向上は期待できない。

小作料を抑える必要があると、農林官僚も認識していた。

翌年、小作料統制令が出た。

この統制令では現状維持も容認されていたので、実質的な影響はなかったが、靖正はこれで収まるとは思っていなかった。

必ず、この先があるはずだと感じていた。


案の定、遅れて出された米穀管理規則により、地主への統制が始まる。これが本当の狙いだったか。

「学校では先生はどんなことを言ってるんや」

商業学校へ行っている正剛に尋ねた。

「いーや。特になにも。

せやけど農家の生産意欲が高まっても米の増産にはすぐに結びつけへんのとちがうやろか。意欲があっただけでは豊作にならへんと思うけど」

靖正もその通りだと思う。

米の価格を一定に保証してやるのが、よいのだが、政府にそのような考えはなかった。

逆に価格統制令があるために下げているのである。

政府は米商人（商事会社を含めて）の存在が相場を乱高下させていると考えて、小作料を物納ではなく金納とした。

自作農も含めて、米はすべて各地の農業組合に納めるようにし、米商人を除外することを目指した。


国民には米穀通帳《べいこくつうちょう》を配布し、それに基ずく配給制を実施した。

これが食糧管理制度いわゆる食管法である。

太平洋戦争の開始から二年目の、日本軍の敗退が始まるころである。


実母の松子が亡くなった。

靖正は案外冷静であった。勿論、悲しかったが、むしろ哀れさというものを感じた。

子供を生んだが為に、かえって寂しく過ごさなければならなかった。もっと頻繁に訪ねてやればよかった。

とうとう「お母さん」とは呼ばなかった。

そう呼んでやれば、どんなに喜んだかもしれなかったのに。

後悔したがもうおそい。

松子を妾として善右衛門に押し付けたのに、亡き喜兵衛は松子にやさしく接してやることはついぞなかった。

小作人の娘という差別意識が強すぎた。

松子は幸せを感じることがあったのだろうか、と暫く考えていた。

迷ったが、松子の骨は東出の墓に入れることにした。

松子の実家は、自分たちの墓に入れるとは言ったが強く抵抗はしなかった。

喜兵衛が生きていれば、反対したかも知れないが、今や靖正が当主である。

靖正は東出の墓に埋葬することでせめてもの松子への気持ちを示したかった。

故人に対してだけではない。

自分に対してでもある。

この小さな村でも戦死者が出始めた。
徴《ちょう》兵検査《へいけんさ》で乙種《おつしゅ》合格の者にまで赤紙が来た。
一昔前なら兵隊としてダメだと言われたのに。
若者はほとんどいなくなり、四〇前の者も出征していく。
農家は働き手を失い、農業を続けていくことが難しくなってきた。
国は食糧の生産をどうするつもりなのか。
このような状態では、この戦争は勝つ見込みはないなと思い始めた。

正剛に赤紙が来た。
遂に来るべきものが来た。
地主の、しかも長男といえども、もうこのころには例外は認められなくなっていた。

『必ず爺さんが守ってくれる』
靖正は正剛を抱きしめたかった。心の中では『死ぬなよ。名誉なんてどうでもよい。お前はうちの跡取りだからな』と叫んでいた。
菊はただただ手を合わせて祈っていた。
心の中では『生きて帰って』とだけ、ただそれだけを願っていた。
行先はフィリピン方面とだけしか聞かされていない。
それ以上は軍事上の機密事項だ。
このようにして多くの男は出ていった。

国を信じて。

そして、何人かは帰ってこなかった。

九　混《こん》沌《とん》

ＡＢＣＤ包囲網による日本への禁油制裁で、工業生産は軍需産業を除き停滞している。

インドネシアのパレンバンの油田を確保していたが、ここの石油は常温で固まりやすい重質油で使いにくかった。

ガソリンなどの揮発成分が少ないのである。

大阪の街角では、ガソリン不足のため木炭自動車が走りだした。

モノ不足がいよいよ深刻になってきた。

物価は統制されているので表向きは上昇していないが、食糧に限らずほとんどのものが配給制でしかも数が少なく、ヤミの価格はハネ上がっている。

大阪の市内からは食糧を求めて、この門真へも来る人がいる。

ここもしかし、モノがないのである。

大阪市内では空襲も激しくなっていると聞いている。

軍需工場や港湾への空襲は昭和十九年にはもう始まっていたが、昭和二十年に入ってからは、一般の民家へも空襲があり、靖正の家も狙われたことがある。

本格的な空襲ではなかったが、大阪の枚方《ひらかた》に空襲があった時に艦載機《かんさいき》の一機が一発の小型爆弾を投下した。

こんな村はずれの一軒家をなぜねらったのか。

幸い、水田の中に落ちて小さな沼が出来ただけで済んだ。


ほとんど毎日、日本のどこかの町で空襲があったことが報じられたがその被害の程度は詳しくは知らされていない。

門真ではその実害はほとんどなく、空襲というものがどんなものかはよく分からなかった。

それでも空襲警報のサイレンは設置されていたし、靖正の家の庭には防空壕も作っていた。


八月になって広島と長崎に立て続けに、原子爆弾が投下された。

国民には新型爆弾としか知らされていない。

軍部もよくわかっていなかったのではないか。

すぐさま現地入りした科学者たちだけは、その真実を知っていた。

十五日、天皇陛下の玉音放送で戦争は終りを告げた。

敗戦とははっきりと言わなかったが、日本は負けたようだ。


東出の家は米の収穫量の減少と、小作料の低下で既に収入は激減していたが、幸い自作の田んぼがあったので食うに困るというところまではいかなかった。

靖正はこの敗戦に対して、なんの感慨もわかなかった。

戦争に勝つとは思わなかったが、ここまで徹底してうちのめされるとまでは考えていなかった。

半分、疑いながらも、新聞の報道を信じていた。


今は正剛のことしか頭になかった。

終戦と同時に報道規制がなくなると、次々とこれまでの戦況の詳しいというか、事実が出てきた。

多くの部隊の全滅や玉砕《ぎょくさい》の情報が出てくる。

特に南方戦線では悲惨な報道ばかりである。

正剛はダメかもしれない。


「これから先、どうなるんでしょう」

菊は呆けたような顔でつぶやいた。

靖正は黙っていた。

靖正にもわからないのである。

大日本帝国は崩壊した。わかっているのはこれだけである。


蔵の中に米はほとんどない。

強制的に徴用されたのだ。

代金は戦時国債で支払われた。

それ以前にも、通常国債は随分、買わされている。

現金はほとんどない。

「蓄えはほとんどないけど、国債がそこそこあるから何とかなるやろ」

菊に向かって言ったが、実は自分自身に納得させるために言っている。

国が滅びるとはどういうことなのか、全く想像がつかない。

土地も金もすべて、まき上げられるのか、命は取られないのか。

不安だらけだ。


大阪市内には進駐軍《しんちゅうぐん》の車が走り回り、門真でもＢ２９がわがもの顔に空を飛び、その巨体から爆音を響かせる。


しばらくして、戦前に数度の内閣で、四度の外務大臣を務め欧米との協調外交を進めた、幣原喜重郎《しではらきじゅうろう》が第四四代の内閣総理大臣となった。

昭和二〇年一〇月のことである。

イギリス、オランダ、アメリカと海外生活が永く、欧米の雰囲気をよく理解していた数少ない外交官である。

国際協調を旨としていたため、軍部からは睨《にら》まれていた。

しかし、その軍部がいなくなったため敗戦と同時に復活した。

だが彼は、決して一方的な平和主義者ではない。

この門真村（すでにこのときには門真町になっていた）の一番下《いちばんしも》の村の庄屋の出身である。

彼の兄は台北《たいぺい》大学の総長を務めた歴史学者で、姉は保育園の設置など社会事業に貢献、次姉は大阪府下で初の女医であるなど優秀な兄姉に囲まれて育った。

彼らの父親は、資産を残すよりも教育に投資することを重視したのである。

父親も立派であったが、それに応《こた》えた子供たちも偉かった。

終戦直後の天皇の「人間宣言」を起草したほか、現行の憲法の草案を作ったのも彼であると言われている。

現在の憲法はＧＨＱの押しつけだという意見も有るが、日本側から提案したのでは国内の反対にあって、前に進まないだろうということで、GHQの威を借りて、彼らから指示されたという形をとって成立させたのだという説もある。

どちらの意見も否定しがたい。

真相は不明である。

問題は中身である。

中身がよければそれでよし。

悪ければ変えればよいのであって、押しつけられたからどうのこうのというのは本質的な意見ではない。

押しつけだということを言い張る輩《やから》は、実は何も考えていないのではないか。ましてそれが政治家であれば、単なる底の浅い国粋主義者にしかすぎないのではないかと思う。

すさまじい勢いのインフレがはじまった。

すべての国力をただ戦争のためだけに振り向けていたからとにかく物がない

のである。

戦争の終った昭和二十年産米は平年の半分以下で、かつ供出量も激減していた。

米の配給は事実上、ストップした。

政府が瓦解しているから、農民はどこに供出していいかわからいないという事情もあった。

もちろん、ヤミ市場に出した方が得であるということもある。

戦前の行政組織は残ってはいたが、混乱してまともに機能していない。

役人も給料の遅配続きで、その額もわずかである。

それでも毎日を生きていかねばならない。

当たり前のようにしてヤミ経済が横行する。

警察官もヤミの取り締まりは仕事であるからやっているが、額面通りにやっていれば自分が飢え死にする。

取り締まる側が、没収した品をくすねるということもあった。
これを責められるだろうか。
インフレ対策をやらねばならない、と同時に食糧の確保も急がねばならない。
幣原内閣は発足と同時に、旧円《きゅうえん》を使えないようにした。
預金を凍結し、旧円の流通を停止した。
代わりに新しい紙幣を発行した。
更に、その流通量を抑えるために新紙幣は証紙を貼ったものしか使えぬようにした。
戦時国債を含めて、国債はすべて償還出来ない。
国が無くなっているからである。
大日本帝国の資産も負債も引き継ぐ、次の国体があればよいがそれはない。
一般の人もそうだったが、靖正は国を信じて多くの現金を国債にしていた。
それらがすべて紙切れになった。
手元にわずかにあった旧円も同様である。もはや使えない。

戦争に負けるとは、国が滅びるとはこういうことなのか。

靖正は茫然とした。

どうやって生きていくのかがわからない。

自ら道を切り開くという術を知らない。

地主制にあぐらをかいていたツケである。

政府はアメリカに、緊急の食糧援助を求めた。

一方、ＧＨＱは「非軍事化、民主化、選挙権付与による婦人の解放、国家神《こっかしん》道《とう》の廃止、憲法改正、治安維持法の廃止、財閥解体、農地改革、学制改革」など矢継ぎ早に、改革を進めた。

民主化を進めるのはよいとしても、そのほかは再び日本が蘇《よみがえ》らないように、活力を持たないようにとの姿勢が裏にある。

道路を拡げるなどの都市計画は制限され、日本が将来、強国になるような案はすべてつぶされた。

神社は神道の発露だとして、祭りも禁止された。

もっともこの混乱時に祭りをやるどころではなかったが。

占領軍は支配権を振り回した。

国鉄の高級車両を占領軍専用列車とすることや、都心の一等地のビルや土地の接収、更に航空機の製造の禁止など多岐にわたる。

米軍兵士による暴行、殺人や強姦事件も多発していたが、このころの日本の警察権や司法権も米軍には及ばず、多くは闇に葬られた。


相手は占領軍である。

日本人の市民権は彼らの手中にある。


日本軍も東南アジアで勝ち進んでいた時に、同じようなことはしていなかったただろうか。

これらの中でも、地主制度は諸悪の根源であり、農民を隷属させるとともに、安価に兵力を供給ならしめて今次の大戦を引き起こしたとして、地主の持つ農地を農民に開放する方策を強力に推し進めた。

日本占領はGHQがあたったが、その諮問機関《しもんきかん》として極東委員会というのがあった。

その出先機関として対日理事会と言うのがあり、米、英、ソ連、中国で構成されていた。

ロシア革命では貴族が持つ土地を奪い去り、農民に分け与えたという歴史がある。

ソ連と中国は地主の持つ土地の農民への無償提供を主張したが、議長国であるアメリカはそこまでやると共産主義になるとして反対し、結局格安で提供させることになった。

しかし農地解放を行うという方針は変わらなかった。

そこで幣原内閣が次のようなことを提案した。

一、自作農の拡大強化
二、小作料の金納化（おおむね収穫量の9％）
三、市町村の農地委員会の刷新
四、不在地主《ふざいじぬし》（そこに住んでいない地主）の土地全部を国が買い取る。
五、在村地主《ざいそんじぬし》（そこに居住する地主）は五町歩まで保有を認める。

いずれも戦前に立案されていたものを改訂したものである。

GHQはこの程度の改革では満足しなかった。

狙いはあくまでも地主制度の解体である。

特に五項では極めて不十分であると判断した。

昭和一五年の調査では、三町歩以上を保有する大地主は全体の農村戸数の3．5％しか存在していないのでこれでは規制していることにはならないというのだ。

また三項でも、農地委員会の委員の多くは地主であり、小作農には不公平であると指摘した。
　修正要求が多く出た。
　結局、ＧＨＱが認めたのは
一、在村地主の保有面積は、北海道を除いて、一町歩までとする。
二、自作地は三町歩までとする。
三、国家が買収する。
四、その価格は地主ではなく、市町村農地委員会が決める。
五、市町村農地委員会は地主三、自作二、小作五の構成とする。
六、買収、売り渡し期間を法律施行後、二年以内とする。
　という厳しい内容である。但し、山林は除外された。
昭和二一年に施行された。短期間に終わるよう指示された。

　欧州では小作人の多くは、共産党の支持者であったが、農地解放で自ら土地を持つようになり、すなわち私有財産を持つようになってからは保守政党にくら替えするようになったという経緯があった。

ＧＨＱはこの効果を期待した。

当時、東出家は三町歩以上の土地を有していたが、そのうち一町二反は四条《しじょう》畷《なわて》の北の方の清滝《きよたき》にあり、地主が門真にいることから、ここは不在地主の土地とされた。

残る二町余りは門真にあったが、ここでは一町歩までが所有できる限界である。

二反は自作していたが、これを新治郎夫婦に格安で譲ることにした。もはや使用人を雇う余裕はない。

また永年、奉公してくれた夫婦へのせめてものお礼のつもりもあった。

しかし、この手放した農地は四条畷の分も含めて、現金ではなく農地証券であった。

しかも二年間は換金出来ず、その間に進んだハイパーインフレで額面五〇〇円だったものが一円以下になり事実上、無償になった。

門真の偉人ともいえる幣原喜重郎であれば、大地主の出身なのでもう少し地主に対する配慮があると期待していたが、政府の予想をはるかに超えるインフレとGHQには勝てなかった。

これも時の流れであったかもしれない。

この施策の動きは早く、昭和22年の4月には政府の農地買収が終了したことが宣言された。

四条畷の土地と門真の一町歩は国に買収された。

教育界でも急激な民主化が推し進められ、国民学校は廃止された。

新しく六・三制が始まる。

五月ごろからは中国大陸や南方から続々と兵士が復員してくる。

その中に正剛がいたのである。

しかも負傷していた。痛々しいほどに。

戦争末期にインドネシアのハルマヘラから撤退し、フィリピンのミンダナオ島に転戦した時に、米軍の猛攻を受けて右足を打ち抜かれた。

骨までやられたらしい。

気を失っているところを友軍に助けられて、野戦病院に収容されたがその後、日本軍は敗走し、正剛は置き去りにされた。

動けなかった正剛を米軍は病院に収容し、終戦時にはマニラに送られた。他の日本兵捕虜と共に、佐世保に移されたのは終戦から二年近く経っていた。

日本軍は既に解体されていたが、厚生省の引揚援護局《ひきあげえんごきょく》で汽車の切符の交付を受けて、やっと帰ってきたのである。

戦地での不十分な治療のためか、右足は元には戻らず、引きずりながらやっとの思いで門真に戻ってきたのである。

満員の汽車で雑嚢袋《ざつのうぶくろ》をかついで、さぞかし苦労したであろう。

この小さな門真の四番村《しばんむら》でさえ、三〇人近い戦死者が出ている。

そればかりか未だに生死のわからない人も何名かいる。

そんな中で生きて帰ってきたのである。

靖正は信じられなかった。涙が出た。

ほとんど諦めていたのである。

家族は皆で祝ってやりたかったが、満足な食事も用意することはできなかった。


「ようかえってこられたなあ。よかった。よかった」

「中道の静男さんや宮本さんの息子さんも戦死したで」

靖正は周囲の様子を知らせるつもりで言っただけであるが、しかし正剛は『それやのに何でお前だけ生きて帰ってきたのや』という具合に受取った。

それでなくとも、捕虜として敵国兵につかまってしまったという後ろめたい気持ちがあるのに。

正剛は黙っていることが多くなった。
また、外に出ることもなくなった。もちろん、足が不自由ということもあったが。
菊はかいがいしく、世話を焼いた。
その菊に対しても笑顔はみせなかった。
修羅《しゅら》の世界を彷徨《さまよ》ってきたのだ。
靖正の満州での経験なんて、正剛に比べればほとんど遊びだ。
殺し合いなどはしていないし、食事もまともに摂っていた。

あの快活だったころの正剛はどこに行ってしまったのか。
靖正は、正剛の態度に、時にはおろおろした。
あのミンダナオ島では正剛の所属する部隊は全滅に近かったそうである。

戦友のことを思い出しているのか。

靖正の経験からでは想像もつかなかった。

足が不自由ということを除いては、外にどこも悪くはないのに。

希望を持ってほしい。しかし。

五体満足の靖正でも、今は目標を失っているのに正剛に希望を持てという方が無理かもしれない。

それでも元気を出してほしいと靖正は願った。

混乱の時代ではあるが家庭を持たせたらどうだろうかとも思う。

以前の一割以下の収入になってしまったが、食べるだけなら何とかなるだろう。

孫の顔も見たかった。

「どうやろ。嫁さんでももろたら」

「・・・・・いや。こんな身体になってしもたし。

第一、小作料だけではやっていかれへんのとちがうか」

「一町歩あれば、小作料が一割としても七から八俵は入る。四人が暮らすには半分の量やけども、少のうなったが今までの蓄えもある。嫁さんもろてもやっていけるで」

「・・・・・・・・」

正剛は気のなさそうな顔できいている。

このごろは離れの部屋にベッドを置いて寝起きしている。畳の部屋では起き上がるのに苦労するからである。

終日、離れの窓から横の小川を見ていることがある。

この小川は南に流れている。その先に村の墓地がある。

村の墓地の手前に水門があり、ここで六間川と合流している。

この合流部分だけ川幅が広い。

川幅は六間近くあり、だれ言うとなく六間川と名前がついた。

そこの低い土手の上に、門真神社の御旅所《おたびしょ》がある。

秋の祭礼の時に神輿《みこし》が来て、一休みするところであるが今は寂《さび》れている。

土手の周りには真っ赤なヒガン花が咲いている。

秋が近い。

そろそろ田んぼの水抜きをして稲刈りの準備をする時期だ。

この土手の近くには、向こう岸に大きな木があり、こちらの岸にも木がある。

その間を滑車を通じてループ状のロープが結ばれている。

そのロープの一端に小舟がつながっている。

ロープを手繰り寄せれば、船はどちらの岸にも引っ張ってくることが出来る。

うまく考えたものである。

その船の上で子供が二人遊んでいる。

時々、正剛は右足を慣らすためにここまで歩いてくる。

　村の墓地の真ん中に大きな楠があり、その近くには四角柱で先端が水晶の結晶のような形をした墓石が並んでいる。

戦死者の墓だ。自分もここに並んでいたかも知れないと思った。

日露戦争当時のものや、近年の墓もある。
中には階段付きの立派なものもある。
墓地の端には、土手の上に火葬場《やきば》がある。
火葬のあるときは、東出の家からもその煙は見える。
この六間川の土手には狐の住む穴がある。
野ネズミやもぐらあるいは兎などの田畑を荒らす動物を捕ってくれるので、
百姓はそのままにしている。

正剛はこの付近の風景が好きである。
まだ小さかった頃、爺さんに連れられてホタル狩りにきたことがある。
提灯をぶら下げてくるのだが、墓場も近いしちょっと怖かった。
ここからお旅所を通って隣の守口の町に行く途中に、橋波《はしば》という地区がある。

そこに東出家の遠縁にあたる河田という家がある。

いまはもう店を閉めているが昔は質屋をやっていた。

そこの知り合いに、今年二二歳になる晃子《あきこ》という娘がいる。

正剛とは三つ違いになる。

器量は十人並みだが色白で働き者という評判らしい。

身体が不自由な正剛を助けてくれるかもしれない。

靖正は正剛に確かめてみた。


「どうや。ええ娘《こ》らしいで」

「……………」

写真を見て、正剛はいいともわるいとも答えなかった。

少なくとも否定ではなかった、と受取った。

靖正はもちろん、菊も乗り気であった。

生活は昔に比べれば、雲泥の差ではあったが、まだ広い家がある。

増築した西側を壁で区切り、その二間とその二階を他人に貸せば、その家賃が現金でしかも新円で入ってくる。

貸間にする西側には、小さいが玄関も台所も別についている。

大阪市内に住んでいて、空襲で焼け出された人や、外地からの引揚者の多くは住むところがなく不自由している。

従って需要はある。

もっとも金は持ってないかもしれないが。


結婚すれば、正剛夫婦は離れで暮せばよい。

靖正はいろいろと計画して河田の方にもこの話を進めてくれるように頼んだ。

一〇月になり小作料を受取る時期が来た。

新しい農地法では金納であるので、昔のように賑やかではない。

昔なら米俵を積んだ大八車が、次から次へとやってきて米蔵に運んだ。お祭り気分であった。

誰もごまかす者はいなかったが、お互い気持よく取引する為に庭に、台ばかりを置いて重量を確認した。

それを台帳に書き留める。昔の風景を思い出す。

今は小作人がお金をもってくるだけだ。

六俵分の金が入った。

ヤミ米の価格ではなく公定価格であるからバカみたいに安いが新円である。


一〇月中旬は昔なら門真神社の秋祭りで、今年は再開されると思っていたが、今年も地車《だんじり》や神輿《みこし》の巡行は中止となった。

三年続けて中止である。

但し、境内での飾り付けは許された。

神道はＧＨＱに徹底的に嫌われている。

戦争に負けるとこんなことまで左右されるのか。

この祭りの日に、正剛は晃子と顔を合わせる予定であったが、一旦延期になった。

靖正は急がなくともよい、と考えていた。


十一月の初めの小春日和のある日、正剛は家の近くの水田の端でぼんやりと草むらを見ていた。

一匹の蛇が蛙を狙っている。

冬眠前の栄養補給である。

口から赤い舌をチロチロと出している。

睨《にら》まれた蛙はまるで金縛《かなしば》りにあったように、じっとしている。

目は見開いたままで固まっている。

蛇はゆっくりと頭をさげていき、口を開けると一瞬にして蚌を喰わえ込む。

蛙は飲み込まれてはじめて、まだ蛇の口の外に出ているうしろ足を動かした。

しかもゆっくりと。

正剛はこの一部始終を見ていた。
何か大変なものを見たような気がした。
自然の営みのひとつに過ぎないが、あの蛙は蛇に飲み込まれる運命だったのだ。
そうでない蛙もいるのだから。
多くの戦友が斃《たお》れていく中で、自分は生き残った。
妻や子を持つ男たちが死んでいき、独り身の自分は今も生きている。
国のため何ひとつ貢献することもなくだ。
今後もそうだろう。
地主であるというだけで、小作人に寄生しているようなものだ。
「生きて帰ってくれただけでええんや」

父はそう言ってくれる。
今はまだいい。

その先だ。
両親がいなくなったあと、自分ひとりでやっていけるのだろうか。
この身体だ。
家庭を持つなんて考えられない。
家族に対して責任など持てない。
そう考えながら、いつものようにお旅所の近くまでやってきた。
傍《かたわら》の石に座って、じっと考えていた。

十川の流れ

十二月の初めである。
風の強い曇り空の日であった。

正剛が見当たらない。
門真神社に行ってみたがいない。

正剛がいつも出掛けるお旅所の所まで来てみたが、見あたらなかった。

菊も心配になってきた。
しかし、あの足で、そんなに遠くに出かけるはずがない。
胸騒ぎがした。
まさかとは思いながら蔵の前まで行った。
南側に石段のついた入口がひとつある。
その入口が少し開いている。
北側に明かりとりの窓が上の方にあるだけで中は暗い。

何かがぶら下がっている。
菊は腰を抜かした。
正剛だった。
首を吊っている。
大声を出そうと思ったが声にならない。
「アウ、アウ」
正剛はすでにこと切れていた。

菊はようやく声がでた。
「誰かーーっ」
満枝は学校に行っているし、今や新治郎夫婦もいない。
しばらくしてやっと靖正が来た。
靖正も、全身から血の気が引いていくのがわかった。
蔵の内部の中二階の段の柱に縄をつけて、正剛はぶら下がっていた。
足下には踏み台にしたであろう梯子がたおれていた。

一人ではどうしようもなく、申しわけないとは思いながら、隣の宮本さんに助けを求めて、二人がかりで正剛を下した。

座敷に布団を敷いて、遺体を安置した。

まもなく新治郎夫婦もかけつけた。

警察もやってきた。

この辺の葬儀を取り扱っている花真《はなしん》が来て、小さな祭壇を作ってくれた。

まだ昔の風習が残っていた。

この辺では冠婚葬祭など、なにかあると近所の女子衆《おなごし》が来て手伝う。

通夜の料理を作ってくれた。

と言っても野菜の煮物くらいしかできない。

円常寺の僧が来て、枕経《まくらきょう》をあげてくれた。

菊は憔悴しきっている。

『なんでなんや』

靖正は、まだ目の前の出来事が信じられなかった。

しばらくすると、きっと正剛は布団をはねのけて起き上がり、「みんなでなにしてるんや」と言うはずだ。

靖正は、そんなバカなことを考えていた。

いや、そうなる。

そうなってほしい。たのむ。


座敷の隅に火鉢を四つおいて、暖をとっているが少しも暖かくならない。

九死に一生を得て帰ってきた最愛の息子に、結局なにもしてやれなかった。

これは戦死と同じではないか。

有為の一人の若者を、結果として死なせてしまったではないか。

身体はもちろん、心にも大きな傷を与え、将来の夢も奪って死に追いやってしまったではないか。

「お国のため？」

そのお国というのは何のためにあるのか。

あの国は何だったのか。

多くの国民は催眠術にかけられていたのか。

きっと自分だけが生き残っていることに耐えられなかったのであろう。


何の力にもなってやれなかった。

運命とはいえ。

『お前に悪い所なんか、なにひとつない。お前が生きて帰ってくれただけで、俺はどんなにうれしかったか。

お前は我々家族のともしびやったんや。

これから四人そろって生きていこうと思ってたのに』

靖正は一晩中同じことを心の中で叫び続けていた。

天寿を全うして死んだのではない。

しかも親よりも早く死んだのだ。

通夜は悲痛な雰囲気に包まれていた。

通夜の客は、皆それぞれ慰めの言葉をかけてくれたが、靖正の耳には何も聞こえなかった。

葬儀はこの翌日行われた。

この日も暗い冬空だった。

風も冷たかった。

この辺の野辺送《のべおく》りは、親族が四人がかりで棺桶《かんおけ》を担いで墓場まで歩いていく。

靖正と新治郎それに宮本さんと中道さんである。

つき従う人も少なかった。

東出家の葬式としてはさびしかった。

大地主であった東出の家も、今は落ちぶれている。

冬枯れの田んぼには、ときどき雀の群れがワッとあつまってくる。

野辺送りに来てくれているのだ。

そうか。有難うよ。


火葬場は一段高くなっており、土蔵のようになっている。

その中で、火炉は地面より五尺ほど低くなっており、底にはもう薪が敷き詰められている。

その中に正剛の棺桶を下ろしたとき、菊は崩れるようにして倒れた。

靖正も辛うじて立っているだけだった。

円常寺の僧の読経の声もよく聞こえなかった。

『なんで、俺より先に逝《ゆ》くのや。父を悲しませるということを考えへんかったんか』

咽喉元までその言葉が出かかっていたが、ぐっと唇を噛んで我慢していた。

家に帰ってからも母屋の縁側から火葬場の煙は見える。

あれが正剛か。

骨《こつ》あげは明日の午後だ。

葬式が終わると、その日の夜から、この辺の習わしでは親戚の人や近所の人が集まり、皆でお経を唱える。

導師は宮本さんだ。

七日ごとには円常寺の僧が来て導師を務める。

皆が帰り誰もいなくなると、靖正はひとり仏壇の前で涙を流していた。

年明けの一月末に四十九日《しじゅうくにち》が終わった。
菊は葬儀のあと寝込んだままだ。
靖正は自分がしっかりしなければという思いだけで頑張っている。
三月に入って、京都の本山へ納骨に行った。
広い本堂で読経をしてもらっている間、靖正は正剛の幼いころを思い出していた。

明るい活発な子であった。
ひょうきんな面もあった。
小さいころの笑顔が目に浮かぶ。
自然と涙が出てきた。
『なんで死んだんや。
何か俺が悪いことをしてたというんか。

それやったら俺に罰が当たったらええやないか』
靖正はいつまでもくどくどとそんなことばかり考えていた。

菊はぐっと老けこんだ。あの明るさも消えた。

一人、満枝だけがシャンとしていた。
「お母ちゃん。元気出して。
お兄ちゃんはおじいちゃんやおばあちゃんのとこへ行っただけやないの。
あっちには、ようけいたはるさかいに、きっとみんなで賑やかにやってはるわ」
「・・・・・そうやなあ。・・満枝の言う通りかもしれへんなあ」
菊は力なくそう答えた。
靖正もうなづいた。

四月になった。

靖正は家の前の道に出てまわりの水田を見渡した。

水が微温《ぬる》む。

苗代《なわしろ》に籾《もみ》を蒔《ま》いた。

目の前の高田には肥料用のレンゲの花が咲き、その向こうには菜の花が薄黄緑色の葉のまわりに黄色い花をつけている。

毎年、見慣れた景色だが何だか新鮮に見える。


東の彼方には飯盛山が見える。

夕方になると、その山の端《は》がにじみ、その上に赤い月が昇ってくる。

西の空には沈みゆく夕日が、周囲の薄い雲を赤く染めている。

今年は豊作になるような気がする。


学制が変わり、満枝は新しくできた高等学校に進学できることになった。

新制高校の一年生だ。

「ウチには満枝がいるんや。あの子は利発な子や。ウチの宝やで」

靖正は菊に語りかけた。

「……」

菊は黙って微笑み返した。

「なあ。他人に耕してもらうだけやのうて、我々も働いたらどうやろ。まだ道具も残ってるし」

「そうですなあ」


二人は少しずつ立ち直っていった。

これから三人で力を合わせて生きていこうと思う。


いろんな世界を見てきた。

変わりゆく時代も見てきた。

その渦中にいると分からなかったが振り返ってみると、大きな変化の流れのなかに身をおいていたのだ。

上海も見た。満州にも行ってきた。

そこでの人々の生活もかいま見た。

世界のほんの一部でしかなかったが。


明治以降、日本は近代化の道を歩んできた、いや全速力で走ってきた。

そんなに急ぐことはなかったのに。


思えば、かえって遠回りをしてきたような気もする。


ここ門真には豊かな水郷がある。

我々はここで生まれ、ここで育ったのだ。

これからもこの水郷で生きていく。

家の前の小川は昔と変わらず、ゆったりと淀むがごとく流れている。
その先の水門で六間川に合流する。
正剛はその近くの楠の大木の下に眠っている。

七日ごとの法要があった時、それが終わって説教があった。
円常寺の僧が言った言葉が耳に残っている。

「仏教では、この世とあの世とはつながっていると教えています。途中で途切れているのではありません。死んでも魂はいつまでも存在しているのです。この世を卒業しただけです」

また、あるときはこうも言った。
「正剛さんはご縁があって、この世に来られ、あなた方の息子さんになられました。それが終わって、あの世にもどられたのですよ」

遺族を慮《おもんぱか》っての慰めの言葉であるのは、重々分かっていたが、胸に沁みた。

家から南に二丁ほど行くと、二反弱の東西に細長い水田がある。
ここは小作地とせずに、靖正と菊とで稲作をする予定である。
その一隅《いちぐう》に作った苗代に苗も育っている。

五月になれば田植えをしてみようと思う。
どこまでやれるか分からないが。

しかし、まだ五一才になったばかりだ。

まだまだ若い。

お父さんはやるぞ。
靖正はそう心に決めて、正剛の位牌《いはい》に向かった。

完

参考文献

一　小林英夫『満鉄が生んだ日本型経済システム』教育評論社　二〇一二年八月
二　菊地寛『満鉄外史』原書房　二〇一一年六月
三　川村湊『満州鉄道まぼろし旅行』ネスコ社
四　高木宏之『写真に見る満州鉄道』光人社　二〇一〇年九月
五　宮脇淳子『世界史の中の満州帝国と日本』ワック社　二〇一〇年一〇月
六　宮脇淳子『真実の満州史一八九四〜一九五六』ビジネス社　二〇一三年五月
七　伊藤武雄編『現代史資料（３１）満鉄』みすず書房　昭和四一年五月
八　大江志信乃夫『満州歴史紀行』立風書房　一九九五年八月
九　井村哲郎私信『村上義一文書に見る北鮮鉄道・港湾建設』満鉄の北朝鮮港湾経営と再編　二〇〇八年二月
十　荒山正彦『シリーズ明治大正の旅行　第十四巻』ゆまに書房　二〇一四年一一月
一一　歴史探検隊『五〇年目の日本陸軍入門』文芸春秋社　一九九六年六月
一二　『百姓入門記』農文協人間選書
一三　『日本農業史』木村茂光編　吉川弘文館　二〇一〇年一一月
一四　『篠山町百年史』兵庫県篠山町　昭和五八年五月
一五　『戦後復興期の農業』日本農業史より

一六　山崎春成『農地改革と日本農業』大月出版　一九五七年
一七『戦後改革と農地改革』東京大学社会科学研修所編
一八『昭和時代　敗戦　占領　独立』読売新聞昭和時代プロジェクト編　P三五〇～
　　「戦後の教育改革」中央公論社　二〇一五年五月
一九　服部龍二『幣原喜重郎と二〇世紀の日本』有斐閣
二〇『幣原家の足跡を訪ねて』門真市立歴史資料館小冊子
二一　多田井喜生『昭和の迷走「第二満州国」に憑かれて』筑摩書房　二〇一四年一月

水郷に生きて

二〇一八年四月十日　初版第一刷発行

著　者　東　洵
発行者　谷村勇輔
発行所　ブイツーソリューション
〒四六六・〇八四八
名古屋市昭和区長戸町四・四〇
電　話　〇五二・七九九・七三九一
ＦＡＸ　〇五二・七九九・七九八四
発売元　星雲社
〒一一二・〇〇〇五
東京都文京区水道一・三・三〇
電　話　〇三・三八六八・三二七五
ＦＡＸ　〇三・三八六八・六五八八
印刷所　藤原印刷

万一、落丁乱丁のある場合は送料当社負担でお取替えいたします。ブイツーソリューション宛にお送りください。
©Makoto Azuma 2018 Printed in Japan
ISBN978-4-434-24383-7